U0108007

热带鱼
水族箱养殖与观赏

热带鱼
水族箱养殖与观赏

（英） 约翰·道斯 著　　　　林能锋 曾红 译

福建科学技术出版社

著作权合同登记号:图字 13-2001-21

Copyright ⓒ 1996 New Holland Publishers(UK)Ltd.
All rights reserved

原书名:TROPICAL AQUARIUM FISH
作者:John Dawes
本书中文简体字版由英国 New Holland 公司授权福建科学技术出版社独
家翻译、出版,全球发行

图书在版编目(CIP)数据

热带鱼水族箱养殖与观赏/(英)道斯著;林能锋,
曾红译. —福州:福建科学技术出版社,2002.4
ISBN 7-5335-1930-2

Ⅰ.热... Ⅱ.①道... ②林... ③曾... Ⅲ.热带鱼
类—鱼类养殖 Ⅳ.S965.8

中国版本图书馆 CIP 数据核字(2001)第 097569 号

书　　名	**热带鱼水族箱养殖与观赏**
作　　者	(英)约翰·道斯
译　　者	林能锋　曾红
出版发行	福建科学技术出版社(福州市东水路76号,邮编350001)
经　　销	各地新华书店
印　　刷	福建彩色印刷有限公司
开　　本	889毫米×1194毫米　1/16
印　　张	6
字　　数	190千字
版　　次	2002年4月第1版
印　　次	2002年4月第1次印刷
书　　号	ISBN 7-5335-1930-2/S·248
定　　价	39.00元

书中如有印装质量问题,可直接向本社调换

目　录

前言

或许你从没有自己动手养热带鱼的经历，但你一定听过或是见过别人养热带鱼。在世界上，有数以百万计的人酷爱水生生物，其中又有许多人将兴趣转化为实实在在的行动，在家中利用水族箱饲养、繁殖那些热带鱼、无脊椎动物以及种养水草。

如何开始这个极富情趣的爱好将是新手所要面对的一个主要的挑战。许多书都介绍了如何进行养殖、如何处理在养殖过程中所遇到的各种各样的问题，包括从群落养殖到大规模的商业养殖的诸多方面。本书所要介绍的是水族箱的选择及其构建，以及怎样选择热带鱼的种类并进行正确养殖等方面的知识。

先让我假定你对这方面一无所知。惟一的前提就是你选择饲养的是热带鱼而非冷水性鱼类。本书首先为真正的养殖新手介绍了热带观赏鱼饲养的相关知识，包括简要介绍了水族箱养殖生物的分类，突出介绍了不同种类热带鱼的主要特征、生活习性及水族箱养殖局限性等方面的内容。随后本书介绍了水族箱的选择与构建，以及正确的维护方法。目的是帮助读者在各个阶段做出更切合实际的决定。

读完本书的前两章，读者们将可做出选择淡水、半咸水或是海水水族箱的决定。了解了哪些种类的鱼、无脊椎动物和水草适合于新手饲养以后，可能导致爱好者犹豫不决的任何疑问都将迎刃而解。因此，本书将在第三章中详细介绍各种热带鱼的特点及养殖方法。

第三章的第一节介绍了适于初级养殖者养殖的种类。接着简要地概述了适于中级养殖者的种类，所介绍的这些鱼类和无脊椎动物均较为常见，但通常来说，这些种类并不适合于初级养殖者。第三节则是特地为那些经验丰富的养殖者介绍的种类，对初级养殖者来说避开这些种类的养殖是最为明智的。最后，还介绍了一些可供选择的最常见的淡水、半咸水及海水水草种类。

饲养观赏鱼是一种愉悦身心、有益健康并使饲养者生活焕然一新的爱好。但是如果在一开始就做出错误决定的话，它也会使养殖新手产生巨大的挫败感。因此，编写本书的重要目的之一就是防止新加入的爱好者们做出错误的决定。另外，本书也试图帮助那些急切地想"埋头研究"热带观赏鱼饲养的爱好者，使他们能更准确地掌握相关知识，便于他们更好地开始尝试。

欢迎你加入到这个业余爱好的行列中来。

约翰·道斯

印度洋中的琴尾花鲏,背后为鲹鱼群

第一章
自然界的鱼类

自然界的鱼类

自古以来，人们就对自然界的鱼类抱有极大的兴趣。这些鱼中，有些躯体庞大——如鲸鲨，能长到令人生畏的12m长，有的种类个头极小。实际上，某些种类的鱼可列在最小的脊椎动物之中。这个"最小"头衔有一个有力的竞争者，它拥有一个贴切的名字：侏儒鰕虎鱼，它的全长只有10mm。

有些鱼自身会发光，有的却似乎没有眼睛。有些鱼的体色绚丽夺目。还有一些鱼看起来丝毫不像是鱼，它们更像是海藻的叶片或是覆盖着藻类的岩石。有些种类的鱼带着一根"鱼杆"，诱惑着那些毫无戒心的猎物走向死亡的深渊。还有一些种类的鱼则拥有自己的"发电厂"。另有些种类的鱼则以吸食血液为生。

大多数的鱼类繁殖时在水中产下数以百万计的卵，接下来就仅凭运气来延续种族了。少数的种类会细心地照料它们的后代，它们在口中孵卵，甚至在一瞥见危险时，就将鱼苗吸入口中转移至一个安全的地方。还有少数一些种类在体内受精、体内孵化，待鱼苗产出体外时已是完全成形的个体，这样它们后代的成活率就大大高于体外受精和体外孵化的种类的。

我们可以想象，通过进化，鱼类的体色、形态和行为特征已与其生活的环境达到了一种和谐。今天我们所认识的2万种以上的种类以及毫无疑问还有更多的尚未被发现的种类都经历了这种残酷的进化过程。同样可以肯定的是，还有许多的种类我们也许将永远都无法发现。

栖息地

鱼的种类如此繁多，且地球的表面又大多为水所覆盖，因此鱼类分布于所有适于其分布的水域就一点都不奇怪了。从水族箱养殖的角度来看，这一点对在水族箱中进行鱼类的饲养是十分有利的。当然，鱼类分布的多样性也是对我们养好热带鱼的极大鼓舞并给我们提供了非常多的选择机会。

尽管有几千种的鱼可以在水族箱中饲养并繁衍，但这些鱼当中的绝大多数都无法称为观赏鱼。在本书中，我们将集中介绍水族箱饲养的三个主要类别——淡水、半咸水和海水中一些广为人知并被大量饲养的水族箱鱼类。在进一步探究鱼类的生物学特征及它们的养殖问题之前，需要对有关的内容做些解释。

淡水和海水

除了一些不常见的例外，如美国犹他州

珍珠伴丽鱼表现出丽鱼科种类的强烈的护雏习性

的盐湖、以色列的死海及非洲的碱(Soda)湖，大陆上的水几乎都是淡水。但并非所有的淡水水质都是一样的。举例来说，亚马逊盆地的淡水是软酸性的。软酸性的淡水包含了浓度较高的酸性复合物，这些东西就像蔬菜腐烂时产生的物质一样；此外，它们含有很少的可溶性矿物盐类。硬碱性的水则相反，它含有较高含量的可溶性矿物盐和即使有但也很少的酸性物质。这些酸性物质如果存在的话，也是在丛林性的环境中产生的。

尽管存在差别，但所有的淡水栖息地还至少拥有一个共性，那就是它们只含极微量的氯化钠——使海水变咸的主要盐类。当然海水中还含有多种的其他盐类，但氯化钠是其中含量最多也是最重要的一种。

自然界的鱼类适应了它们所栖居的水

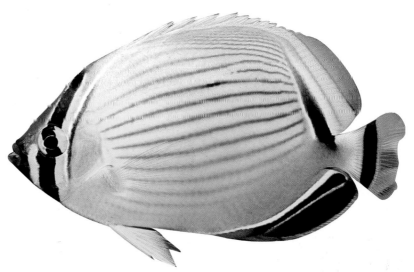

三带蝴蝶鱼(红鳍蝴蝶鱼)

红海海岸的红树林地带

非洲的峡谷湖泊马拉威湖

体环境。因此，在水族箱中进行鱼类饲养时，要求有与它们在自然界中栖息的水环境相一致的条件。另外，在被严格区分的淡水和海水之间，还有一类水体介于二者之间，这类水体通常出现在河流接近海洋的地方，也就是大家所熟知的入海口。这类栖息地非常富饶并且盐度呈现一定规律的波动。在近海处或是涨潮期间，其盐度就高，反之在近大

陆端或退潮期间，它的盐度就低。这种介于淡水和咸水之间的水体被称为半咸水。生活

不同类型的水质条件表现出连续的变化

9

叉尾斗鱼（天堂鱼），
一种"冷水性"热带鱼

冷水水体与热带水体

观赏鱼类有很多种的分类方法。举例来说，它们可分为淡水和海水种类、卵胎生或卵生种类，或是根据它们适应的温度范围将之区分为冷水性种类和热带种类。

乍看之下，以适应的温度来划分鱼的类别显得直接且理所当然。但无论是在淡水或海水的条件下去确定冷水水体和热带水体之间的分界线都相当困难。如果不说不可能，那么至少可以说要精确地划定它们的界限是难以做到的。譬如金鱼通常被认为是冷水性鱼类，而孔雀鱼和裂唇鱼几乎就是众所周知的热带鱼，前者是淡水种，后者是海水种。但是金鱼在所谓的热带水温条件下仍可悠闲自在地存活，而孔雀鱼也可在寒冷的水体中生存，这种寒冷的水体从不被看成是真正的热带水体。

假若我们非得给它们下一个确切的定义，那么如果某个种类的原产地位于南北回归线之间，我们就称之为热带鱼。其他原产地不在此间的种类就属于冷水性鱼类。这种分类法在大多数的情况下是适用的，但也并不尽然。例如，叉尾斗鱼（天堂鱼）是在1869年引入欧洲的第一种所谓的热带鱼，它实际上是在中国的非热带地区发现的，但仍被广泛地称为热带鱼，而且它在市场上也从未被当作冷水性鱼卖过。同样地，其他一些种类如唐鱼（白云山鱼）或食蚊鱼，在大多数介绍热带鱼的书籍中都会被提及。

根据上述的定义，热带鱼应常年适应于热带的水温，但这样去理解常常会误导人们。实际上在很多国家，人们在精心饲养绚丽多姿的金鱼时，根本就不考虑它是冷水种类还是热带种类。而且从本质上来说，所有的水族箱养殖都是热带性质的，不必去考虑所饲养的鱼及其他的生物是属于哪一类的。

在应用"冷水性"和"热带性"这两个词来划分鱼的种类时，尽管存在一些问题，但认为它们没有现实意义或毫无应用价值的观点也是错误的。因而，在使用这两个词时，应与实际情况相联系，建立连续性的观点，就像上文所提到的"淡水"和"海水"的情况一样。

当从"热带性"的这一端沿着连续线移向

于此间的鱼类及其他动植物就带有很特别的适应性特征。

尽管我们将淡水、半咸水和海水的栖息地分开来进行描述，但事实上，它们的组成成分可以看成是连续变化的。其一端是纯水（只有在实验室中才能制备），这样的水是用以衡量其他类型水的标准。也就是说，我们将它的比重定为1.000。当然，自然界中的水不可能是纯净的。它总是掺杂着其他成分或含有溶解于其中的其他物质。其溶解的物质越多，比重也就越高。故而，软酸性水的比重要比硬碱性水的比重小。海水的比重在1.020左右，这个数值在全世界的海洋环境中都是相对稳定的。但一些较封闭的或是以某种方式与其他水体隔离开来的海洋则例外，如红海的海水盐度就高些。

正如我们所谈到的，淡水和海水之间有我们称之为半咸水的水体，它们的情况就很难用单一的比重来界定了。我们很难说它的比重一定是多少。半咸水的比重范围大致是1.005~1.015，平均值约为1.008~1.010；比重值越小，它所溶解的盐就越少，反之亦然。

中心时，"热带性"和"冷水性"的差别变得越来越模糊，甚至让人觉得用所适应的水温作为分类方法是不可靠的。从某种意义上说，处于这两者之间的种类可被称为是"冷水性热带鱼"。上面所提到的三种鱼——叉尾斗鱼、唐鱼和食蚊鱼是适应于冷水的热带鱼的最佳例子，具体的细节可在介绍种类的第三章中找到。

一般来说，冷水性鱼类在饲养和繁殖过程中均无需准备加热装置，相反热带性鱼类要进行长期养殖时则需要外加的加热装置。

柠檬灯鱼具有脂鳍，它是位于背鳍后的额外的小鳍

鱼类生物学

鱼类经过长期的进化，形成各种各样高度复杂的形态，每一种都与其生存环境完美地相和谐，而且每一个种经过自然的选择都获得了最适于生存和繁衍的适应性，保证了物种能够代代相传。有多少种类就有多少种的适应方式。但所有的鱼都有一些共同的特征。需要着重指出的是，在本书中我们所讨论的都属于硬骨鱼类而非软骨鱼类，像鲨、鳐及魟鱼等这些软骨鱼即使是经验丰富的养殖者也都很少涉足。

如果你想给鱼下一个定义，就必须去掉简单的或包含一切的想法。因为这种定义是

不存在的。例如，若用有鳞片来定义鱼，其他的一些动物，如爬行类也被包括进去了；如果用有鳃来定义鱼，一些两栖类也就落于这个定义之中。目前，最可行的方案就是列出鱼类所共有的特征并将之组合起来形成一个定义，这样的定义也有助于我们把硬骨鱼与其他的动物区别开来。

我们可列出硬骨鱼的一些共同特征：有神经系统，有由脊椎骨组成的脊柱及具有骨骼的附肢。它们以鳃呼吸，某些种类还有其他的辅助呼吸器官。鳃向外开口，由许多细长的鳃丝组成。硬骨鱼还具有鳍，有些种类

鱼通常有7个鳍：背鳍、尾鳍、臀鳍、两个腹鳍和两个胸鳍。一些种类还有脂鳍

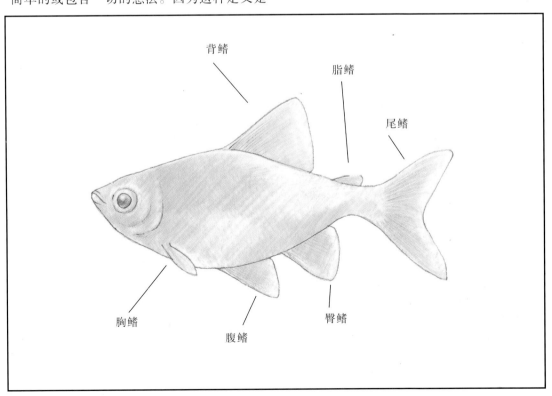

背鳍

脂鳍

尾鳍

胸鳍

腹鳍

臀鳍

尾鳍的类型：
A：平直型
B：新月型
C：圆型
D：琴状尾
E：叉型

 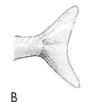  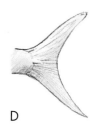 

A   B   C   D   E

的鳍经过长期的适应性进化已变得面目全非了。大部分的硬骨鱼体表覆盖有鳞片，至少会有贯穿身体中轴的鳞片。鱼类还有由头至尾的感觉窝，称为侧线器官。鱼在水中的沉浮是由鳔控制的，但底栖的种类没有鳔的结构。另外，除了极个别的种类，硬骨鱼是变温动物，也经常被称为"冷血动物"，即它的血液温度随着环境温度的变化而变化。

像所有其他动物一样，鱼类要进行运动、觅食、呼吸、繁殖、感知、生长等延续生命和种族的活动。但本书的篇幅有限，无法将这些细节内容一一介绍。我们仅从水族箱饲养的角度，简要介绍与之相关的特征。

鳍及其用途

鱼类的鳍具有很好的柔韧性，它最基本的用途是获得动力和保持平衡。此外，它常常还具有一些其他的功能。

鱼类的鳍多种多样，其最基本的形式是：一个背鳍、一个尾鳍、一个臀鳍、一对腹鳍和一对胸鳍。另外，像一些脂鲤科的鱼类（包括锯脂鲤、红绿灯鱼和其他许多为人熟知的种类）有一个小小的脂鳍，有时候被称为第二背鳍，它位于主背鳍和尾鳍之间。

鱼类的鳍适应于多种不同的生活方式，演化出了许许多多的特殊功能，从前进的动力和保持身体平衡到作为生殖的器官——比如经过变形的臀鳍可变为雄性卵胎生鱼类的交配器；翅膀——如飞鱼扩大的胸鳍；带饵的钓杆——如前面曾提到的虹鱼可用背鳍来钓鱼；感觉器官——如丽丽鱼及其近缘种的细丝状腹鳍，或者像蝎鱼和毒鲉所带的致命毒刺，等等。这些形形色色的鳍大都能够在家庭水族箱中观察到。

口与捕食

陆生动物可分为捕食者与被捕食者，水生动物亦然。你可以想象到的捕食方式，鱼类早已运用自如了。

著名的肉食性鱼类包括锯脂鲤、舒和鲨鱼，以及敏捷得让人叹为观止的宝莲灯鱼

一群刚果灯鱼。成熟的雄鱼具延伸至尾鳍的背鳍

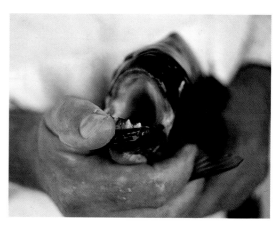

黑锯脂鲤具有肉食性鱼类的典型的口型。双颚都有尖锐的齿，下颚比上颚更突出

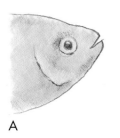
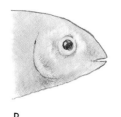

A B C

口主要有三种类型：
A：上位口，摄食表层食物
B：端位口，摄食中层食物
C：下位口，摄食底层食物

等。草食鱼类就像暹罗食藻鱼和吸口鲇，是以藻类为食的。食性最奇怪的则要数吃鳞片的、吸食蠕虫的、盗食鱼卵的和吸食血液的种类。

根据鱼的口的位置、形状和大小以及齿的形状、数量、排列及整体组合方式，通常能判断出该鱼的野生种取食的种类及采食的地点。譬如，鱼口上翘且体形纤细状似鱼雷，表明该鱼可能是摄食水表层食物的；假如鱼的口向下，并有一套平板状细小且像锉刀似的牙齿且身体呈纺锤形，则表明该鱼可能是以底层的食物为食的，还可能生活于急流之中。

稍花点心思，我们就可以看出我们所选择的群落鱼类表现出各种取食习惯和行为，它们的这些习惯和行为也给我们提供了另外一个角度来欣赏这些鱼类。

繁殖方式

笼统地讲，鱼可以分为卵生和卵胎生种类，但各种鱼具体的繁育后代的方式仍然千差万别。

例如，有的卵生种类将卵产于周围水中的水草和沙砾之间，然后就让它们顺其自然了。有的种类则将卵含在口中孵育，这样就给卵提供了一定程度的保护。海马的卵由雄性海马置于很特别的腹部育儿袋中直至孵化出来——这是一种少见的由父亲而非母亲孵卵的方式。有的种类将它们的卵产于由气泡筑成的巢中，有的则将卵产于石头上，还有的将卵产于草叶上。另有一些种类将卵产于其他生物的体内，如丝鳍鲅将卵产于淡水贻贝体内。甚至有一些种类将卵粘在它们自己的皮肤上。

在卵胎生的鱼类中，有些种类是将受精卵藏在卵囊中直至孵化出来。有些鱼类能够像哺乳动物一样排卵。在发育过程中，母体甚至还给胚胎提供营养。

介于卵生和卵胎生种类之间有一些十分有趣的种类，它们有着像卵胎生种类一样

矮吸口鲇在采食藻类

正在产卵的珍珠伴丽鱼

13

的体内受精方式,但却采用卵生种类的产卵方式。之后它们可能在一段时间内携卵生活,像青鳉一样(青鳉能够进行体内受精,但它并不总是采用这种方式),也可能将受精卵直接产在某处,像剑尾鱼一样。

本书不详细阐述鱼类的繁殖方法。这些方法初级养殖者也无需掌握。在介绍种类的第三章中,在介绍各种鱼类时,会对其繁殖方式做简要介绍。

无脊椎动物

无脊椎动物是没有脊椎骨的一类动物。许多运动性种类,如昆虫、蟹、虾和龙虾等,它们有交联的骨骼,但其骨骼属于外骨骼,不同于脊椎动物的内骨骼。一些固着生活的种类,如腹足类(蜗牛等)和双壳类(蛤、蚌、贻贝等等),具有贝壳而非外骨骼。其他的固着种类,像石珊瑚,会分泌出粗糙的石灰质外骨骼,这种外骨骼的特征在各个种中都是不一样的。还有一些无脊椎动物(如水母)根本就不产生外骨骼。

实际上,在无脊椎动物和脊椎动物之间有一些过渡性的种类,在观赏鱼的养殖过程中通常也将这些动物归为无脊椎动物。但从科学上讲,这些种类的特征介于脊椎动物和无脊椎动物之间,属于原索动物。最出名的原索动物是海鞘类(或称为被囊类)。在这一类动物中,有几个种是可在水族箱中饲养的。海鞘类有四个重要的特征与脊椎动物相似并区别于无脊椎动物。这四个特征是:脊索(脊柱的雏形)、中空的背神经管、鳃裂和肛后尾。这些特征都可在其蝌蚪状的幼体中找到,但仅有鳃裂保留到成体。

据估计,在许多地区,动物物种中97%都

印度洋中的海鞘

路易斯安那红色湿地螯虾

是无脊椎动物。但其中大多数是陆生种类,这些种类与家庭的观赏鱼饲养没有直接的关系。但其余大量的水生种类中也只有一小部分可在水族箱中饲养,而在这部分中又只有一部分种类被推荐给养殖爱好者们。

总的说来,海水无脊椎动物的饲养要求比鱼类的高,也比淡水无脊椎动物的高。事实上,有一些种类的饲养要求相当特殊,它们对环境的要求我们也知之甚少,即使经验丰富的养殖者也很难或者说几乎不可能长期维持其良好的健康状态。这使我们感到进退两难,因为如果我们没有掌握这些种类的相关知识或是没有足够的经验,我们就不可能将之长期成功饲养。但是,如果我们不在水族箱的条件下对其进行饲养,我们又如何开展研究,又如何取得进步呢?盘丽鱼曾被淡水养殖者看作是相当难养的种类,但今天,它已是普通的水族箱养殖种类,并且一些规律性的东西通过它的饲养被陆续发现。如今大多数的养鱼者都能轻易地饲养和繁殖盘丽鱼了。

尽管饲养无脊椎动物总体上说具有相当大的挑战性,但其中还是有一些种类适合在水族箱中饲养。举例来说,一些虾类、海葵、软珊瑚和海鞘的饲养方法并不难,所以无论对于新手或经验丰富的养殖者,可选择的种类还是很多的。

热带鱼的养殖给我们提供了无穷的机会去探索和学习关于水底生命的奥秘。当然,这些只有在你切实行动起来后才能真切地感受到。现在,家庭热带鱼养殖的潜力要比以往任何时候都大。甚至一些曾被认为是难以饲养的种类现在饲养和繁殖起来并不十分费劲,这些成就的取得得益于过去10~15年间许多关键知识的积累和养殖技术的进步。

第二章
家庭水族箱

家庭水族箱

家庭水族箱

前页
热带鱼群落,包括魟及其他种类

捕捞和养殖

最早的时候,养殖所用的鱼大多捕自野外。在冷水性鱼类中,品种繁多的金鱼是最有名的家养种类,像孔雀鱼、玛丽鱼、剑尾鱼和月光鱼则是一些最早的商业化繁殖的种类。之后,不断增长的市场需求和养殖爱好的呼声使商业化繁殖的种类大大增加。在20世纪60年代就有了相当数量的育苗场,且市场供给的淡水鱼种类也大大增加。现在,有超过90%的淡水鱼种类是专为养殖爱好者提供的,且这一比例因许多国家大力推广集约化养殖而得到进一步提高。

对于海水鱼,这一方面情况却是相反的,大约超过90%的水族箱养殖种类依然是靠野外采捕。然而这种状况正在改变,人工繁育的鱼类和无脊椎动物种类正在不断增加。这些鱼中最出名的应属小丑鱼,但人工

新加坡热带鱼养殖场

在亚马逊河中捕鱼的渔民

育苗获得成功的处女鱼和霓虹鰕虎鱼及海水斗鱼(一种群居鱼类),已成为快速增长的商业化繁殖种类。事实上,已有100多种的海水鱼类在水族箱中繁殖成功。尽管要将它们全都列入商品目录中尚为时过早,但乐观主义者认为,我们正不断地朝着这个方向前进。在来自消费者和水产养殖业两方面需求的推动下,提高当前的水族箱养殖技术,并将捕捞、饲养、管理、运输及疾病防治技术和那些相关的海水鱼苗开口料生产提高到一定的水平,必将极大地促进海水鱼类人工养殖的发展。

水族箱养殖的局限性和养殖者的责任

在我们自己家里,水族箱给我们展现了变化万千、多姿多彩的水底景象。在饲养的过程中,我们认识了自然,认识了相互依赖、互相依存的各种生物和它们的需要及行为,甚至可以认识到生命本身的脆弱。水族箱无论大小,都可为新的科学发现提供意想不到的机会。有许多的鱼类和无脊椎动物的行为我们并不知晓,这些行为可以通过饲养者在家里或由科学家们在实验室的水族箱饲养和观察中得以发现。

此外,可以利用水族箱做拯救濒危的淡水或海水鱼类及无脊椎动物的工作,这项工作在全世界的范围内都在进行。更加鼓舞人心的是,专家和学者们都认为,业余爱好者一样能为这个计划做出巨大的贡献。这样,许多专业养殖团体,从博物馆、动物园到其他的研究机构可以联合在一起从事诸如墨西哥卵胎生种类、非洲裂谷丽鱼和海马等生存受到严重威胁的种类的保护工作。

说到这儿,需要着重强调的是,利用水族箱进行养殖并不能给我们提供所有的水生生物存在问题的解决方案。水族箱养殖的潜力无疑是巨大的,而且它的潜力还在不断拓展,但它亦有局限性。例如,无论多大的水族箱或是将水族箱中的生物养得多好,它都

无法完全模拟野外的生存条件。严格地讲，只要我们将一个水体封闭起来，我们就断绝了其中的生物与外界环境的关系，也就限制了在自然状况下它们与外界环境的相互作用。这些相互作用包括：污染物和废弃物的稀释、新鲜水源的补充、天然的食物供给及日照长短的交替、温度的日夜变化及季节性变化等等。

而且，在水族箱中我们会将一些植物和动物进行非自然地组合。比如，将来自亚马逊的红绿灯鱼和来自印度的攀鲈养在一起，或是把来自西大西洋的神仙鱼与产自印度洋的黑足小丑鱼放于同一个水族箱。我们可能会将茶叶草（一种原产美国南部的植物）与原产于马来西亚的椒草种在一起。这种组合的非自然性一定程度上可以简单地通过选择一定区域的鱼和植物来加以避免。但即使我们这样去做，无论是选择的品种及其数量或是可获得性等方面，我们也仍然难以使这种组合达到最佳状态。

水族箱的环境是人为设置的并受到人们的严格控制，因而，它是一种非常有价值的封闭环境。只要经过精心的准备并给予良好的供给，它们就能为各种各样的鱼类、水草和无脊椎动物提供生息繁衍的良好条件，

栗色小丑鱼，原产于印度洋，适合于海水水族箱养殖

使它们能够免受野生环境中可能遇到的各种威胁。

一旦你开始热带鱼养殖，你就做出了一个改变生活方式的决定，从而挑起了掌握其他生物生命的责任。从某种意义上说，这些生物毫无选择的自由，给它们提供我们所能给予的最好条件，既是我们的责任也是它们应得的权利。

鱼类不可能像狗一样忠诚于它的主人，

白化的地图鱼

对于养殖鱼类，我们就如同签订了一份契约，要对它负责到底。因此，要么不养鱼，要么就要承担起应负的责任。如果你做了决定，你将因此而走入一个崭新的世界，这种经历是无法通过其他的活动获得的。

做完决定后要做的第一件事就是去了解水族箱养殖的各种形式，这样你就可以根据自身的爱好和经济条件选择最适合你的那一种形式。

水族箱的类型

在我们挑选水族箱之前，应首先对水族箱所执行的功能进行评估。评估的方法将在本章末尾介绍，从根本上来讲，应根据它容纳的水和饲养的生物来决定所选择的水族箱类型。

基本上这种选择是简单的。当决定所要养的是热带鱼时，剩下的就是在淡水、半咸水和海水养殖系统中进行选择了。对于任何一个养殖新手来说，参观一个渔具店会让人眼界大开，但也能让你晕头转向。面对着种类繁多的鱼、水草和无脊椎动物，该如何进

行选择呢？而那些各式各样的设备又用来干什么呢？货架上摆满各种各样的水处理剂、鱼食和药物，这是否暗示一个成功的养殖者应拥有生物学、生物化学或工程学方面的学位，或是应兼具三者呢？有一件事是确定无疑的，那就是不要逛一次商店就买回想要的水族箱及其饲养物。在过去几年中，这种盲目情况已越来越少见了。现在，人们更多地将重点集中在讨论和解决如何采购上。要避免的是在第一次逛商店时就打算买下所有的东西。实际上，一个好的零售商也不会让你这样做。

尽管大多数渔具商店能给你提供专业咨询，但你若能预先了解一些背景知识或先做好一些重要的预备性工作，对随后的饲养工作的开展将有极大的帮助。在最初的几个步骤中需要考虑哪一类的热带观赏鱼最符合你的爱好和饲养环境条件。因此，在你走进商店之前，请先了解一下淡水、半咸水和海水养鱼系统的主要特点。

淡水水族箱

对于热带观赏鱼养殖者来说，淡水水族箱是最常见的。原因有许多，最重要的原因可能有以下这些：第一，通常淡水热带鱼和淡水水草是最容易养的；第二，许多淡水鱼可以很容易地在水族箱中繁殖；第三，淡水种类中从来都不缺乏色彩丰富的、小型的、耐受性强的和相对便宜的品种可供爱好者选择。

耐受性的强弱是相对而言的，而且这个词有可能产生误导，因为耐受性的强弱取决于几个不同的因素。举例来说，一些最常见的热带淡水鱼，如各种各样的胎鳉鱼的耐受性较强，但与那些标准的"粗犷"类型的鱼如孔雀鱼相比，它又显得有些娇弱了。实际上，只要给它们提供合适的条件，胎鳉鱼是相对好养的。野生的胎鳉鱼和一些人工培育的品种要求水质偏硬碱性，最好还要有点溶解盐。换句话说，胎鳉鱼喜欢弱的半咸水条件，尽管它们通常被当作热带淡水鱼。

对于初学热带鱼养殖的人来说，幸运的是，许多现代人工繁育的品种已在淡水中培育选择了好几代，所以无需在所有的胎鳉鱼养殖中严格遵循上述规则。

淡水热带鱼养殖可分为两种主要的方式。第一种是群落养殖方式，顾名思义，这种方式就是将一定数量能和睦相处的种类置于同一水族箱中混养；第二种是单种养殖，

淡水群落水族箱

盘丽鱼(七彩神仙鱼)

半咸水水族箱

我们已经说过,半咸水中溶解了不定量的盐。在自然界中,这种情况通常可以在带有或不带有红树林湿地的河口区找到。这些地方由于受潮水涨落的影响,每天要经历两次的盐度波动。在某个特定的区域,动物的种类也会发生变化,因为动物会根据自己的喜好或可耐受的盐度进行迁移。在家庭水族箱中,这种盐度的波动非常难以重现,因此,盐度水平只能固定在相对来说最适合所养的鱼和水草的水平上。

一般来说,半咸水的比重波动范围在1.005~1.015之间。在比重较小的那一端,情况与淡水接近,比重较大的那一端,情况与真正的海水相差不远。这意味着在挑选饲养种类时应慎重地将这些区别考虑在内。尽管可用于半咸水养殖的鱼和种的水草的种类比起淡水和海水种类都更少,但仍有足够多的种类供爱好者选择。大多数的半咸水饲养方式通常类似于淡水饲养方式,而与海水饲养方式区别较大。但有一些种类则是严格意义上的半咸水种类,其中最有名的就是弹涂鱼,它常让人感到惊奇而且其形态也不同寻常。在第64页中列出了推荐给读者的半

就是在一个水族箱中只养一种鱼,因为这种鱼有特殊的要求或是较为特别的行为特征,而无法与其他种类生活在一起。对于养殖新手来说,群落养殖方式可能更能被接受。群落包含了许多可能进行组合的种类。例如,最常见的群落是将那些饲养条件较灵活且行为模式能相容的不同的种类混养在一起。适合这种组合的种类包括:孔雀鱼、丽丽鱼、铜兵鲇、鲇鱼、红绿灯鱼或宝莲灯鱼、一只雄性的暹罗斗鱼(两只养在一起要打架,往往要斗死为止)和一对神仙鱼。

其他的群落可以依照所来自的特殊环境进行选择,比如非洲裂谷湖泊这一特殊环境。这些群落种类要求水质为硬碱性并带有石灰质岩石洞穴的环境。甚至在这种情形下,还可以有更细的划分,如为来自不同湖泊的鱼混养在一起或只为产自特定的湖泊(如马拉威湖或坦喀尼喀湖)的种类设计特定的群落水族箱。

对养殖新手来说,在所有可选用的方式中最简单的是"普通"群落水族箱。这并不是说如果你喜欢非洲裂谷湖泊的丽丽鱼,而却一定要先养更为简单的种类。但它确实意味着你在做水质、种类选择等方面的准备工作时,需要更仔细一些。

要想了解最常见群落鱼类的更具体的相关知识,请参看第三章的内容。

弹涂鱼是少数需要严格半咸水条件的种类之一

咸水种类。

在这个阶段,重要的是在两种半咸水水族箱的养殖方式中进行选择。红树沼泽型养殖系统是由一层与红树林相似的栖居地(尽

管没有泥）和沼泽烂木、岩石、耐盐植物及鱼类组合起来，这些情形大都与淡水水族箱相似。"海水性"半咸水水族箱的水比红树沼泽型系统的水有更高的盐度，用于养可耐受（或更喜欢）这种环境的动植物。能够在红树沼泽型水族箱中养的植物和许多鱼类可能不能在这种水族箱中成活。

建议的海水-半咸水水族箱摆设（上）和红树沼泽型的水族箱摆设（下）

在这两种可供选择的水族箱中，当然是红树沼泽型水族箱更易维持，特别是一些鱼的排泄物，如氨，其毒性在海水条件下要远高于在淡水条件下的毒性。因此，更为严密的水质监测在"海水性"半咸水系统中就显得更加重要。

海水水族箱

当水的比重超出了半咸水系统水的比重的高端，我们就进入了真正的海水养鱼系统。这时，一个崭新的世界就向我们敞开了。那些色彩斑斓的鱼和无脊椎动物会让人目瞪口呆。这些种类大多生活在珊瑚礁之间，不管我们承认与否，所有的人都会被热带海底天堂般的景象所折服。于是许多养殖新手都爱上微缩了的但同样美丽的珊瑚礁水族箱，并且想能够一朝拥有。

然而，在实践这个想法之前需要着重思考一下几个重要的问题。譬如，珊瑚礁环境是人类所了解的最稳定的栖居环境之一，生活于其中的动植物经过长期的进化已与这种环境相谐调。结果各种各样的种类对偏离珊瑚礁环境特点的条件耐受性极低。此外，

红鳍黑琴尾剑鱼。它的适应性很强，很适合于养殖新手养殖

鱼的第一杀手——氨在海水条件下表现出比淡水条件下更强的毒性。在一些即使没什么经验的养殖者眼中，鱼类因氨中毒表现出来的症状也是显而易见的。但对无脊椎动物来说，一只中毒的蛤与正常的蛤的表现并无太大差别，可到发现时一切都太迟了。

一般说来，海产生物要比淡水生物贵得多，例如，一只并非特别昂贵的蝴蝶鱼的售价可能就相当于 20 只红绿灯鱼的售价。

考虑到上述的原因和其他一些因素，很多作者和有经验的养殖者都建议养殖新手在掌握一定的淡水养鱼经验后再开始海水鱼的养殖。尽管这些建议不无道理，但这会让他们感到从海水养殖起步是不可能的事。而实际上，从海水养殖起步还是有可能的，但要想成功实现海水养殖，就需要掌握更为详尽的背景知识。

海水水族箱的类型有三种：

·**海水鱼水族箱**：完全由经过挑选的能和平共处的各种鱼组成。

·**无脊椎动物水族箱**：完全由无脊椎动物及水草组成。

·**混合型水族箱**：由经过精心挑选的鱼、水草和无脊椎动物组成。

在这三种类型的水族箱模式中，最容易养护的是单养鱼的水族箱。因为海水鱼尽管对不喜欢的环境的耐受性比它们的淡水同类的来得差，但比海水无脊椎动物的强得多。在水族箱养殖中，需要加以考虑的诸多因素中最重要的三个是：食物、光照条件和物种间的相容性。这在有无脊椎动物的水族箱中尤其要加以注意。因此，从单养鱼的水族箱开始养殖是切实可行的（但也不是非这样不可），在获得了一些经验后可再饲养无脊椎动物。

在上述三种模式当中，混合型水族箱

混合型的海水水族箱

（常被称为"暗礁水族箱"）的养殖是最难的，因为这样的养殖系统要满足所有鱼类和无脊椎动物的需求。初级养殖者在养殖中所要面临的一个主要问题就是治疗鱼病所用的许多种药物对无脊椎动物来说却是致命的。水族箱中栖居者的相容性也是混合型水族箱养殖中需要考虑的另一主要因素。因此，最好是在你掌握了如何管理好前两种海水水族箱后，再开始混合型水族箱的养殖。

淡水群落水族箱

水族箱的选择

　　水族箱养殖的优点和局限性在前面已简单地提过了。水族箱养殖的一个制约因素是：无论箱体的大小，它所容纳的水除了与空气接触的部分外，其他部分都与外界隔离。因此，水族箱中可进行气体交换的面积大小是选择水族箱的重要标准。其他需要考虑的因素是：水族箱的形状、所用的材料、制作工艺和整体外观。

水族箱的尺寸

　　封闭水体的一个主要特点是：水体越小，它对外界环境的波动就越敏感。譬如，一个桶和一个茶杯同时注满沸水，很明显，杯子中的水因为体积小，其冷却的速度就比桶

里的水要快得多。同样，在水族箱中的情形也是一样的。除了温度，很多其他的环境因素对水族箱来说也非常重要。

　　举个例子，鱼和无脊椎动物的活动将产生废物，这些废物无法像江河中的废物一样被冲刷稀释掉，这样就可能影响到水族箱中生物的生存。选择一个合适的过滤或净化系统将可以有效地处理掉废物。另一方面，水族箱中水的体积越大，它对有害环境波动的固有缓冲能力就越大，据此可推断出，水族箱越大，其处理代谢废物和其他有害物质的能力就越大。

　　因此，在经济条件和放置空间许可的情

给人深刻印象的淡水热带鱼水族箱

水族箱的水容量		
水族箱大小（cm³）	容积(l)	水的重量(kg)
45×25×25	27.3	27.3
60×30×30	54.6	54.6
90×30×38	91.0	91.0
120×30×38	136.5	136.5
150×45×45	318.5	318.5
180×45×45	364.0	364.0

况下，尽量选择大的水族箱是明智的。一般情况下，淡水热带鱼养殖箱应不小于60cm×30cm×30cm。对初级养殖者来说，海水水族箱最小也要达到90cm×38cm×30cm。

水族箱可做成各种形状，如果可供放置水族箱的地方与表中所列的尺寸不尽合适，可考虑去订制一个水族箱。但是，这种水族箱的价格要比商业化生产的水族箱昂贵得多。上表列出了当前普遍使用的水族箱标准尺寸，并列出了近似的容积及能容纳的水重。

水族箱的形状

水族箱可做成各种形状，从传统的长方体到柱状的、多面体的都有。在它们之间进行选择并不容易，尤其你是第一次购买水族箱时。但把握以下几点会对你有所帮助。

在这一节一开始，我们就谈到空气与水的界面及表面区域对于气体交换的重要性。在选择水族箱的形状时，这一点是最重要的。

鱼、水草和其他大多数生物的生命活动都依赖于氧气，而生物呼吸所产生的二氧化碳是有害的。在白天或有人工光照的时候，绿色植物利用二氧化碳，通过复杂的光合作用过程产生氧气。产生的氧气一部分被植物自身的呼吸作用所消耗，剩余的部分释放到外界环境中去。栖息于许多无脊椎动物体表的微藻也能进行上述的过程。但带有共生绿藻的鱼和无脊椎动物本身并不能利用二氧化碳。

如果没有采取一定的补偿措施，水族箱中的氧气浓度将不断降低，二氧化碳浓度将不断地升高。当水中溶解的氧气被逐渐消耗

食蚊鱼，一种世界上分布最广的卵胎生种类

时，需要往水中补充氧气，而水中二氧化碳不断增多时，过多的二氧化碳也应释放到空气中。

从这就可以看出水族箱表面区域的重要作用。显然，表面区域越大，气体交换的效率就越高。由气泵或过滤器所产生的水流引起的水面波动也可促进气体的交换，但有一个足够大的表面区域以满足气体交换需要仍然是最重要的。

有了这一概念后，就可推知，如果两个水族箱的形状不同但容积一样，且其他的参数也都相同，那么与空气接触表面区域大的那个水族箱在保持气体良好平衡上将显得更为有效。

法国天使鱼

玻璃与树脂

玻璃是制作水族箱的传统材料。它透明且美观,质地坚硬,经久耐用,可相互连接装配成水族箱。在过去,玻璃被作为制作水族箱的首选材料。玻璃的一个主要缺点是缺乏可塑性,这就意味着水族箱的每个立面都是平直的。尽管水族箱并非一定要做成四方体的,但它的每一面却都必须与相邻面相接,这样就不可避免地产生了接缝。

长久以来,玻璃都没有替代品。便宜的透明塑胶通常只能做成小型的水族箱,像在实验室所用的水族箱。透明塑胶易变黄且易

家庭水族箱中朽木的使用

被刮伤而影响美观。现在,树脂水族箱可以做成任意的尺寸,而且相比较而言,树脂水族箱更经得起意外的碰撞。但树脂还是比玻璃更易被刮伤,尽管现在已有能去除刮痕的工具。由树脂做成的水族箱也比全玻璃的水族箱更易变形。尽管有这些缺点,但树脂材料要比玻璃更有弹性,可以被铸压成玻璃根本无法做成的形状。

外观形式

无论是玻璃或是树脂做成的水族箱,通常都有单缸式或组合柜式两种形式。

做好的水族箱一般都用各种各样的花边将裸露的玻璃毛边镶起来。旧款的水族箱使用角铁,这现在已很少看到了。这些装饰花边一般并不能为这些玻璃片提供足够强度的支撑。特别是现在使用了具有特别高粘合强度的硅酮类粘合剂后,这些装饰花边已显得多余了。

单缸式水族箱毫无疑问要比组合柜式的便宜。外罩等遮盖物可以分开购买或与水族箱一起购得。这些单缸式水族箱的另一个优点是:养殖者可以逐步完善他的水族箱系统,在环境条件许可和经验不断丰富时添加或更换水族箱的各种设备。

柜式水族箱最基本的结构是由一个橱柜、一个水箱和配套的外罩组成。有的还包括了必需的设备。完整的柜式水族箱系统优于单缸式水族箱的特点是它几乎是即插即用的。它另一个优点是它的所有装置都藏于水族箱观赏面之后。

水族箱制作时要考虑尽量做得结实,因为它要承受较大的重量。水的密度是 1kg/l,加上水族箱本身的重量和沙石的重量,一个装配好的水族箱,即使是大小最一般的,其重量也是相当大的。因此,如果你买的是单缸式的,你就必须考虑这个问题并做一些必要的准备,应去买一个现成的水族箱架或者选一个结实的家具用以放置水族箱。

在决定选用上述哪一种水族箱及其配置之前,应先逛一逛货源充足、样式丰富的相关商店,并且多与店员聊聊。你的这种努力是有价值的,因为早期的一个小小失误有可能会给日后的养殖造成麻烦。

加热器功率	
水族箱尺寸（cm³）	功率（W）
45×25×25	30~60
60×30×30	75~100
90×30×38	100~150
120×38×38	120~180
150×45×45	150·210

附属设备

现在几乎在每个月中都有新的水族箱附属设备供应市场。但只要能够满足我们所养生物的基本需求，许多其他的条件可在养殖的过程中加以改良。热带动植物对水的最低需求是：恰当的水温和水成分，并给予充足的光照和足够的溶解氧。

加热器

就加热器来说，初级养殖者应选择加热能力足够大的加热器。

可供选择的加热器有分离式加热器、恒温调节器、复合式加热器、加热板、埋于沙石底部的加热线缆、带加热元件的过滤器等，选择取决于你的喜好和支付能力。最普遍使用的是带恒温调节器的复合式加热器。这种加热器经久耐用，安装和调节都很方便，而且价格适中。

当你做决定之前，可以先逛逛渔具商店，看看它的货物品种，并阅读这些加热器的说明书，这些说明书通常会提供加热器适用的水族箱大小的指标，可以就一些问题与店员交流一下。

光照设施

对淡水水族箱，这个问题要比海水无脊椎动物水族箱来得稍微简单些。但一些参数对两者都是适用的。

如果你仅计划养一些鱼类而没有准备养海水无脊椎动物和种植水草，那么选择何种光照设施在很大程度上依赖于你喜欢的灯光和你的预算。

假若你想要在淡水或是海水水族箱中种植一些水草，那么这些植物对光照的需求就应在选择光照设施时加以考虑。光照的目的是为植物的光合作用提供合适的光照水平。

目前，市面上的灯泡和日光灯管品种繁多且形状各异，要想找到适合于你的水族箱的灯并不是太难。要说有什么困难的话，那就是灯的花样实在是太多了，使你无所适从。店员的丰富知识就体现出它的价值来了。

选择光照设施可参考下表。

合适的光照				
水族箱长度	仅养淡水鱼的水族箱	种有植物的水族箱	仅养海水鱼的水族箱	养无脊椎动物的水族箱
	日光灯管	日光灯管 3300~5300K	日光灯管 5500~6500K	
45cm	1×8W	2×8W	——	——
60cm	1~2×18W	2~3×18W	——	——
90cm	1~2×20~30W	2~3×20~30W	1~2×30W	5×30W 或 2×70W
120cm	1~2×30W	3~4×30W 或 2×80~125W	1~3×30W	4~7×30W 或 1×150W
150cm	1~2×40~65W	水银蒸气灯 3~4×40~65W 或 2×125W 水银蒸气灯	2~3×40~65W	5~8×40~65W 或 2~3×150W

注：对养有无脊椎动物的水族箱，一般建议使用额外的光化性光。

需要强调的是，上述的数字仅为大约的指标。不同的水族箱的体积及其养殖品种可能会有不同的要求，对一些特殊种类的鱼、无脊椎动物或水草，有一定资质的售货员及有经验的饲养者的建议是应该加以参考的。

对海水无脊椎动物，最关键的是选择合适的种类。很多种类如某些双壳类、软体动物和海葵，它们的生存全部或部分依赖于一些单细胞藻类，称为动物黄藻。这些藻类存在于无脊椎动物的组织中。除非光照的强度和质量能够满足这些藻类的需求，否则它们将很难以生存，随之而来的便是这些无脊椎动物的死亡。若要使无脊椎动物生长良好，最好使用蓝光和紫外光灯管。需要说明的是，这些光照设施需额外提供，而不是用来取代其他的光照设施。

充气和过滤设备

充气和过滤是两个互相独立的过程，这里我们将它们放在一起讨论是因为许多的过滤设备都带给水族箱充气的装置。在充气过程中，关键是要使表层水产生涌动，这将有助于氧气的溶解和水中二氧化碳的释放。从某种意义上来说，只要不伤害和惊扰水族箱的生物，无论采用什么方法，能达到这个目的就行。

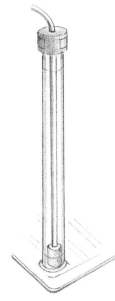

空气从沙底过滤器的空气提升管底部释放出来

气泵是水族箱常用的充气设备，它通过产生连续的气流来实现给水充氧的目的。气流是由隔膜式或活塞式的气泵产生，气流通过与导气管相连的一个或多个的散气石或散气木块再分散产生细小的气泡。这些气泡会让人产生往水中充了更多气的错觉，尽管气泡越小（例如，由海水水族箱中的散气石产生的小气泡），它们到达水面时产生的充气效果就越好，但是往水中充的气量是一样的。使用散气石来产生细小气泡的主要目的就是增大水面的涌动来增加水中的溶解氧和促进二氧化碳的释放。

气泵通常是根据每分钟能产生的空气体积或在一定水深时能带动多少散气石来分级的。再有，当你面临一大堆可供选择的水族箱附属设备时，最好去寻求专业性的建议。

过滤器也能当作充气机，因为由气动型滤器驱动的气流通过提升管上升至水面时，或是当电动型滤器泵出的水流溅到水面上都会使水面发生扰动。越来越多的电动型滤器都带有一个辅助装置，它能吸入空气，并在水流回水族箱时将空气和水混合而达到辅助充气的目的。在电动泵（即安装在沙底滤器的空气提升管顶上的电动水泵）上也常见到该辅助装置。

过滤器的形状和规格多种多样，价格也各不相同，但所有类型的过滤器都是为筛除养殖用水中的固体废物而设计的。当然，大多数的过滤器还具有其他的功能，诸如生物净化（脱毒）功能，其原理是通过有益微生物来吸收可溶解的废物（如鱼和无脊椎动物产生的氨）。如果过滤器是桶形的，也可进行化学净化，即使用合适的介质如活性炭或沸石，当水流过它们时发生吸附作用，从而净化了水质。

过滤器大体上可分为以下几类：

· **沙底过滤器**：由放置在水族箱的沙石底下的一块或一组平板或一套带孔的管组成。这种过滤器可用充气机、电动泵或桶形电动过滤器产生的气流来产生作用。

· **箱型过滤器**：在这种过滤器中，水流经一个既可置于水族箱内，亦可悬挂于水族箱外的箱子来达到净化结果。内置式是气动的，外置式的既可气动也可电动。

· **海绵或泡沫胶过滤器**：在这种过滤器中，气泵产生的气流使水流经过一层海绵或泡沫胶。

· **桶形电动过滤器**：在这种过滤器中，电动泵将水泵至一个装有一种或多种滤材的容器中。它也有内置及外置式之分。

· **滴流式或湿（干）式过滤器**：在这种过滤器中，水在进出水族箱的部分行程中，以滴流方式经过暴露于空气中的外部介质。

过滤器的主要作用是使水族箱中的水质保持良好。而水质是决定某种鱼、无脊椎动物或植物能否生存的重要条件。由于水质条件在养鱼过程中非常重要，所以也可以这么说，只有我们保持好了水质，水才能养好水族箱中的植物和动物。在你决定去购买过滤器之前，对过滤、净化、脱毒的过程有一个清楚的了解显得十分必要。

本书不准备详细讨论过滤作用，但有必要简单介绍一下过滤的形式和滤材的几个主要类型。

· **机械过滤**：是从水中除去固体微粒和残渣。在这种过滤方式中无论采用哪种介质，它的作用都像是一只筛子。滤丝、海绵、泡沫胶和细刷等等介质都是适当的选择。在沙底过滤器中，沙砾本身就起到筛子的作用。

· **化学过滤**：能去除具化学毒性的物质，如氨就是通过多孔性的介质表面而被吸附的。最为人们熟悉的介质是活性炭和沸石,当然还有其他的介质种类。

注意:沸石能在水中吸附氨,并且沸石能通过被浸泡于盐溶液中使氨释放到水中而得到回收。因为它的这种特性,沸石不能用于海水水族箱中,因为在海水条件下,沸石无法从水中吸附有害的氨。

· **生物过滤**:是通过有益微生物的作用去除溶解的废物。亚硝化单胞细菌能利用氨并将之转化为亚硝酸盐,但后者仍对鱼和无脊椎动物有毒。幸好硝化细菌还能将亚硝酸盐转化为相对无毒的硝酸盐。这个过程叫做硝化作用。

你可做个计划来选择合适的滤材,也可利用其他类型的细菌使硝酸盐控制在一定的水平之下,这些细菌能将硝酸盐转化为游离的、无害的氮,并从水面散发至空气中,这个过程叫做反硝化作用。

正如过滤作用和脱毒作用有好几种类型,介质的种类也有许多种。但要意识到实际上并不存在过滤类型的真正划分。也就是说滤材在过滤时,起初是发生机械过滤作用,随后当它的表面被很多的细菌占据时,它就发展出生物过滤作用。

滤材的有效性由滤材上细菌繁殖的程度决定,这被称为生物效率。因此,当选择一种滤材时,重要的是考虑它可被细菌繁殖利用的表面积的百分率而不是其总表面积的大小。

举例来说,沙砾只有少量的孔洞能被利用,而且它可利用的表面区域实际上和它的总表面积一样大。而在多孔玻璃介质中,多孔是其最重要的特征,因而可以说多孔玻璃是一种比沙砾更为有效的生物性介质。

多孔玻璃和其他一些生物性介质的优点还不止这些,因为在每个滤柱、滤粒和介质深处的小孔中氧含量要低于表层小孔的,所以在其中能够同时进行脱氮作用和硝化作用。这样的滤材不仅能有效地降低水中氨和亚硝酸盐的浓度,也有助于控制硝酸盐浓度。

水监测设备

这些设备经常被认为是可有可无的,但如果水质控制不当,成功养殖热带鱼就无从谈起了。因此,把以下项目看成是"必要的"而不是"可选的",应该更为准确。

· **温度计**:有各种不同的样式,从充满创意的漂浮式到液晶的、内置长片状或非常精确的电子测量式。这些都可随你挑选,但一定在开始饲养时就购买一支。

· **测试盒**:也是属于必要的一种设备,而且对养殖鱼、植物和无脊椎动物都有用。有多种的测试盒可用于溶氧量、水中金属含量等的测定。所有的养殖者至少应有能测定 pH 值、氨、亚硝酸盐和硝酸盐的测试盒。此外,海水养殖者还应购买一个能测定铜含量的测试盒(因为对于无脊椎动物来说,铜是致命的毒物,所以在这种类型的水族箱中测定水是否含铜是很重要的)。

带自动调节器的加热器,当设定的温度达到时,调节器自动断开加热器电源,当温度低于设定的温度时,加热器自动加热

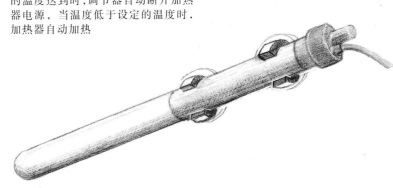

· **比重计**:对所有的海水养殖者来说都是必要的,对打算进行半咸水养殖的饲养者来说最好也要有一支比重计。比重计是通过测量比重来测定盐度的。

水族箱的附属件

水族箱的附属件有许多,很难绝对地说哪些附属件是必备的,哪些附属件是可以选择配备的。以下列出常见的水族箱附属件,养殖者可以根据具体情况进行配备。

地毯海葵给小丑鱼提供了理想的庇护所

水族箱的附属件	
附属件	**用途**
备用袋装海盐	特别是用在偶然的部分换水时(不是全部换水)
蛋白撇清器	在淡水水族箱中几乎不用。在海水水族箱中非常有用,用以控制污染水质的生物复合体
臭氧发生器	与蛋白撇清器联合使用。已证实臭氧对水质净化很有效,它还能控制一些病原微生物的生长
紫外灭菌灯	可杀灭病原微生物,包括细菌,也会破坏藻类的孢子,有助于控制藻华的发生
备用气泵	在主机坏掉时可暂用来给水族箱充气,尤其是使用沙底过滤器的水族箱一定要有一台备用气泵
单向气管阀	防止断电时水倒流入气泵
三通管	用于气管的安装
输气管	在增添或替换原有的装置时或在购买新的水族箱时使用
输气管夹	可调节输气管中气流的大小
备用散气石	在一定的条件下,正在用的散气石可能会被塞住而失去作用,或输气管和散气石的接口可能损坏
备用隔膜片	隔膜片常在使用过程中破裂,此时应立即更换
各种规格的保险丝	在电器故障时,插座的保险丝可能会熔断,这时备用的保险丝就可派上用场
线盒	可使导线保持整洁且安全
沙石盒	使沙石层与其他的铺设层或与沙底滤器板隔离开来
绝缘/防水胶带	起到保护电器和防止触电的作用
加热器固定夹	正在使用中的夹子有可能损坏,此时应更换
备用加热器	它的配备非常重要,但可能永远都用不上,但如果它用上了,它的价值就显示出来了
各种规格的网	应包括用于捞取鱼苗或幼鱼的细密软网,细网用于比较娇贵的鱼,粗网用于比较健壮的鱼

岩石、沙砾和装饰品

沉水植物是水族箱的氧气生产者,它能通过叶子吸收部分的养分。许多细叶型的水草能以这种方式吸收其所需的大部分养料。水草的这种能力可能是过去不重视水族箱底质状况的一个原因。但现在看来,底质、岩石和装饰物是一个水族箱的非常重要的组成部分,它常常标志着一个水族箱养护的好坏程度。因此,在考虑如何选择这些物品上花费时间是值得的,这将在以后的饲养过程中得到丰厚的回报。

沙砾和基础材料

沙砾有非常多的优点, 它容易获取,易于清洗且不易板结。沙砾是淡水群落水族箱最常用的底质材料。只要不含石灰,沙砾就可用于绝大多数不需要硬碱水的淡水养鱼系统中。

当然,使用沙砾也有一些缺点。例如,它

水族箱的附属件(续)	
附属件	用途
繁殖箱	对卵胎生鱼,繁殖箱在繁殖期间能保护怀孕的雌鱼及其鱼苗,以免其受到伤害。所有的繁殖箱都将雌鱼和鱼苗分开来, 因为雌鱼常将它们的后代吃掉
玻璃瓶	在转移成鱼或鱼苗时很有用, 也可作为鱼苗的临时饲养场所或治疗场所。玻璃瓶还有其他非常多的用途
长镊子	可从水族箱中移走死鱼、腐烂的植物和其他东西;合起来可用来种植水草
种植棒	用于种植水草
防水书写笔	可在水族箱上写下关于饲养种类的详细内容、它们的管理方法和产卵期等
除藻器	使水族箱壁不至于被藻类覆盖,磁力除苔器能够不湿手就刮除藻类
虹吸管	用于换水。管的长度应大于水族箱上缘到地板之间距离加上箱的深度
清沙管	用于在不换水的情况下清除沉积的生物碎屑或未吃尽的鱼食
螺丝刀	标准或星形刀头,用于修理电器(一定要熟悉该电器的修理方法且修理前一定记得拔下插头)
剪刀	用于剪输气管、绝缘带和防水带等等
pH 值调节剂	使水的酸碱平衡发生改变以适应特定的鱼
常见鱼病的治疗药物	应把药物治疗看成是重要的保护措施,但不能将药物视为经常性用品。预防总胜于治疗
少量的饵贮备	以防不时之需
喂食圈	使蠕虫限制在小区域内,减少虫体的散失
硅酮胶	用于裂缝的修补,也可用于将树皮或朽木粘在塑料或玻璃之上,再用沙石覆盖以防止它们浮起来

是贫瘠的底质材料，无法给那些需要从根部吸收养分的植物提供任何养分。落入沙粒间的生物碎片等有机碎屑可给水草提供部分营养，但在这之前，建议给水族箱施用肥料来补充营养。其他提高沙砾层肥力的方法包括使用半沙质的泥炭或沃土包，但这些方法不适合在养殖掘沙鱼类的水族箱中使用。

含有石灰质的沙子适用于海水水族箱和喜欢碱性条件的鱼和水草的水族箱，像来自非洲裂谷湖泊的丽鱼科种类。在所有的沙砾或沙中，"珊瑚沙"的石灰质含量最高，它最适合用于海水水族箱和高盐的半咸水水族箱。许多的饲养者在饲养来自大裂谷湖泊的丽鱼时，也曾用这种沙铺设箱底以保持硬碱性的水质条件，但这种方法遭到了越来越多养殖者的反对。他们争论的主要内容就是筛沙觅食的种类不断搅起细沙，这些细沙可能使那些不具有对付这些悬浮颗粒能力的种类的鳃受到刺激。现在一般在底沙中加入较小比例的珊瑚沙，在饲养大部分来自非洲裂谷的种类时使用 10%~20% 的珊瑚沙。筛沙种类水族箱底质的要求是沙粒细小、均匀。

另外，在海水水族箱中大量使用的底质是珊瑚碎块，即较小的、圆柱状的珊瑚小段，这些碎块在所有的珊瑚海岸和礁湖中都可找到。这种材料在海水系统中特别适合铺在沙砾层上，它们将沙砾层与最上层的细沙层分开。

无论你要买的是沙砾或是沙子等，都要

"活"岩石是海水水族箱的恰当选择，尤其是对那些已"成熟"的水族箱

避免买带尖锐边缘的材料。因为它们会对鱼和无脊椎动物的活动造成威胁，尤其是筛沙或潜沙觅食和筑巢的过程中。此外，还需研究一下你所买的沙砾和沙子是否含有石灰质，这可通过往有沙的水中滴一滴酸来检验。如果沙中含有碳酸钙，滴入酸后溶液会逸出气泡。大多数的人家里不一定备有酸，但可用醋来代替，因为醋中含有醋酸。用醋来试验时，反应可能较慢，但还是能够作出精确判定。

岩石和朽木

虽然许多鱼和无脊椎动物喜欢在开阔水域中游动，但岩石或沉水的朽木能在一定程度上增加水族箱的观赏价值。

惰性的岩石（如石板岩），对水质不会产生影响因而在所有的养鱼系统中都是安全的。朽烂的木头会释放鞣酸，它更适于那些喜欢软酸性水质的水族箱饲养种类，如大多数的亚马逊河流域出产的鱼类。这并不意味着朽木不可用于其他类型的水族箱，但在这种情况下使用朽木段时，应给朽木上几层聚氨酯漆以防止鞣酸释放到水中（应在聚氨酯漆干之后再上另一层）。封漆亦能防止鞣酸使水变色。不封漆时，朽木会使水呈金琥珀色，但这对在其中栖居的种类来说并不会有什么危害，事实上，在亚马逊盆地的迪奥内格罗河的水都带有这种颜色。

一些淡水、海水种类对水质的要求十分特殊，因此在水族箱中要使用一些特殊类型的岩石。泉华岩质软，含石灰质且很轻，所以特别适用于饲养喜欢硬碱性水或海水的种类的水族箱。石灰岩也是这种水族箱的一个适当选择。

选择一种你所喜欢的岩石类型当然并不意味着它不能与不同类型的岩石组合起来使用。实际上，在一些水族箱中，不同的岩石经常组合使用，一些岩石提供了鱼类藏身的洞穴，另一些则提供了它们产卵的表面。岩石组合使用有许多明显的好处，也扩大了水族箱蓄养种类的范围。

在海水水族箱中，还可使用另一类的岩石，即"活"岩石。这是由海藻和无脊椎动物包裹着的或植根于其中的岩石块。善于使用

破罐子和其他的装饰物给许多鱼类提供了理想的居所

这类岩石能使水族箱显得更"成熟"。更为重要地,恰当使用这些岩石可保持水质良好。然而,一定要记住外观的成熟并不表示已真正地达到成熟。事实上,除非"活"岩石能保持良好的状态并是被引入一个条件稳定的养殖系统中,否则生活于岩石中的某些生物将无法生存。如果发生了这种情况,那么这种成熟将是短期的,并反而将导致水质的恶化。将"活"岩石引进到一个已建好的水族箱中要比引进到一个全新的水族箱中好得多。

装饰物

严格地说,装饰物只是以某种方式来修饰水族箱,它只具备美化的功能。但从目前市场上所提供的产品来看,这种对水族箱装饰品的评价并不完全正确。

可供养殖者选择的装饰物有各种各样的类型,诸如珠宝盒、骨架、西班牙大帆船以及各式各样的陶瓷工艺品等等,其作用主要是为水族箱养殖增添另外一种情趣。你如果能用这些装饰物来表达个人的喜好,那么它的价值就体现出来了。装饰物本身是由安全、无毒的原料制成的,生活于水族箱中的鱼类一般不会因为它们的介入而受到危害。

有些装饰物不仅仅具有纯粹的点缀功能,它还具有实用功能,如可作为输气管的出口。这些功能和装饰物是联系在一起的,于是它们的开和关便与气泡的产生和随后的释放相关联。

在过去的几年中,安全树脂的发展给水族箱装饰物的工业化生产带来了极大的繁荣,导致了用此材料生产的水族箱装饰用品种类急剧增加,包括从仿造的圆木到仿制的岩石和珊瑚。起初,一些产品并没有得到推广,后来,许多产品看起来更真实了,尤其是价格较贵的那些品种。

现在,许多人造珊瑚已可乱真。从环保的角度来看,人造珊瑚的使用大大减少了海水养殖者曾使用的漂白天然珊瑚的用量,这对环境保护是有益的。

人造岩石也能产生很好的视觉效果,图中为头巾鱼

水族箱的装配

有多少个养殖者就会有多少种的装配水族箱方法，即使水族箱尺寸一样，所装配出的水族箱也不会一模一样。水族箱中饲养的鱼的数量、大小和雌雄性比例不同，或是添加了另外一些鱼或水草，或底沙的多少都会对水族箱的环境条件产生重要的影响。

水族箱的摆放位置、设备的选择、水族箱中水的性质或其他因素的变化都会使水族箱表现出不同的特征，也就是说，即使水族箱是以相同次序装配好的，最终的结果却可能大相径庭。

作为准养殖者，你可能会觉得装配一个水族箱是很难的。但实际上，成功装配一个水族箱不仅是可能的，而且还相当容易。重要的是应遵循一些基本的规律。

首先，你必须全面了解你所养殖的对象。应尽可能从专业和谨慎的角度考虑诸如水族箱的类型、饲养品种的选择、设备和资金状况，以及一旦所有东西都备齐之后，你能正常用于维护这个系统及所饲养生物的时间等问题。

由什么样的人来装配水族箱并不是成功装配水族箱的决定性因素，因为装配一个水族箱的实际过程并不存在大的障碍，而是一个令人愉悦的经历。无论是装配淡水、半咸水或海水水族箱，其程序都有一些共同点。下面的指导适用于淡水群落类型的水族箱。随后还有为装配其他类型水族箱提供的补充指导。

就像我们曾提到的，没有完全正确的装配水族箱的方法。下面所列的步骤是作者多年来经验总结出来的，并被证明能够取得成功的步骤。然而，不要把它们看成是固定不变和僵化的程序。它们只是一些准则，在实际运用中，可以灵活掌握。

如果你拿不定主意是选择淡水、半咸水或热带海水种类时，可以先读这部分介绍，再选择一种你认为是最易做到的，如果你发现在这些步骤中有些不便操作或是难以掌握，可以转而选择那些似乎更为简单些的方案。在你掌握了你所选择的方案并运行一段时间后，再尝试你认为更为复杂的那些方案。

淡水群落水族箱

装配淡水群落水族箱时可以按下面所列的顺序和图片顺序来进行。

第一步

检查一下是否买好了下列必需的设备：水族箱、底座（如果需要的话）、外罩（如果已选择聚光灯或汞灯则不需要）、冷凝水收集盘、灯、启辉器（荧光灯要用）、加热器、温度计、气泵、输气管、单向阀、散气石、滤器、滤材（非沙底滤器类型）、沙、盛沙盘（若想用）、岩石或木头、水草（保持湿润状态）、插头（每个电器一个，若使用配电盘，只需一个插头）及测试盒。

一些附属物，如除藻器、网等，这些用具应尽快购齐，但刚开始饲养时并不是必需的。

第二步

选择一处避开阳光直射、通风良好且温差不大的地点。检查一下放置水族箱的底座是否结实稳固（当然，若选用的是特制的水族箱底座或是组合柜式水族箱，这一步可以省略），因为水相当重而岩石则更重。

第三步

检查水族箱有无裂缝，若有裂缝要加以修补，如有必要，更换水族箱。

第四步

将空的水族箱置于底座上的聚苯乙烯

的垫板上。

第五步

按下述步骤加入沙砾、细沙或其他底质：

·若使用沙底过滤器，则将其放于适当的位置。

·如使用沙砾盘，将它放于滤器的上方。

·将空气提升管插在滤器的提升管基座上

·在塑料篮中将沙彻底冲洗干净，直到冲洗的水变清为止。

·在滤器板上或沙砾盘上铺一层沙。

·如有需要，再加上一层或一袋的种植基质。

·加入剩余的沙，并放置好岩石、朽木等等。

第六步

安装加热器和温度自动调节器、输气管和内置式过滤器，注意加热器的底部不要接触到沙砾面。

不要打开任何开关！

第七步

往水箱中注水，栽好植物并安装好设备。具体的步骤如下：

·先往水箱中注水。注水时避免水直接冲击底质，可将水倒在覆盖在水箱底的硬纸板、油膜纸或塑料膜上。也可将水注入置于盘子上的小瓶中。最重要的是避免水流直接冲击底质。

·水只要放到半箱。

·加入少量的温水来提高水温（即使水草也可能不耐寒）。

·移走纸板、小瓶等。

·植入水草，让植株小的种类靠前种植，如龙须草，它的叶子从根颈处生长出来，种植时一定要暴露根颈，否则叶子会烂掉。

·加入水质调节剂和除氯剂。

·将水加至离玻璃上缘约 2.5cm 处。

·安装好电动滤器的进出气管，或将水泵安装在沙底滤器的空气提升管的顶端。

·将冷凝水收集盘放到位。

·将外罩放于固定的位置。

·如有用外罩盒，可将电线、输气管、启辉器等物品置于其中。若没有使用外罩盒，将导线、输气管、线盒整齐地置于水族箱后看不见的地方。

·在输气管中插入单向气阀。

·将气泵放在水族箱的上方，例如将之悬挂在钉在墙上的钉子上。

·安装好电动过滤器的连接装置。

第八步

按以下步骤让水族箱运转起来。

·打开所有的电器开关。最好应尽早做，以便有足够的时间来做检测和校正的工作。

·调整通气量和滤器的水流速，确定它们不会太大。

·每隔 1 小时测量水的温度，必要时校正温度自动调节器。

注意：在做校正之前务必关掉所有电器的电源。在将加热器提离水面前，应先让加热器冷却约 10 分钟。

·检测 pH 值和硬度，有必要时进行调节。

·如有可能，先让系统在每天光照 12~15 小时下运行一星期。现在，这个试验期并非绝对需要，因为现在已能够进行水的调节。这里之所以提出这个建议是因为在这个试验期内你有机会对装配好的水族箱进行调整，并且可以使你对水族箱的运转和调整的方法有一个直观的认识。

黑尾宅泥鱼

建立水族箱的步骤

选择一个合适的地点后,将水族箱放在聚苯乙烯垫板上,先将沙底过滤器置于箱底

在滤器基座上插上空气提升管

冲洗沙砾

在滤器板上铺上一层粗沙砾

摆放岩石

将加热器置于恰当的位置,确保它的底部不会碰到沙砾。输气管和散气石放入空气提升管中。然后往水族箱中注入半箱的水并种好水草。在这一步中不要打开开关

水族箱中的水加至离箱顶2.5cm处,如有需要,调整水草的位置

冷凝水收集盘放到适当的位置。这个塑料板可保证水蒸气和溅起来的水花不至于和光照设备接触

将灯安装在罩盒上并将所有的连线、启辉器等都安放在罩盒的背面

水族箱中的各种曼龙和绿色植物

其他的淡水水族箱

通常对于绝大多数的淡水系统,在执行上述的步骤时可进行一些改变。一些种类需要空阔的中层水体或表层空间,例如群居的脂鲤鱼(常在中层水体游动)或鳉科鱼类(喜在表层水面游动),这可以很容易地做到。同样,如果水族箱中穴居者居多,像一些丽鱼科种类或喜欢在白天躲藏于圆木下的鲇鱼等,可以考虑在水族箱中放些花盆、石板、惰性岩石、朽木等物给这些鱼类提供隐蔽处所。

需要特别留心一种特殊类型的淡水水族箱,这就是非洲裂谷湖泊系统水族箱。来自这些湖泊的鱼类需要硬碱性的水,这些鱼在野生环境中生活的密度相当高而且喜欢在角落、缝隙和洞穴中藏身。也有许多的鱼喜欢在清澈的水中游动并至少需要一小块沙地。如果稍加思考,花点时间,给点关注,所有的这些需求都可在一个水族箱中得到满足。

这些水族箱要求有非常有效的过滤系统,因为这些水族箱中的饲养密度比建议的饲养密度(参看第 39 页的淡水水族箱)高,且水中缺少水草。因此,在这种情况下选择电动过滤器通常比沙底滤器更好。

如果使用电动过滤器,就无需安装沙底装置和沙砾盘。这样,沙砾和珊瑚沙的混合物可以直接铺设在水族箱底的玻璃上。岩石(你可能会需要很多)可直接放在沙或沙砾之上或是将它们埋入沙中以防止石块倾倒。在底层可使用大石头,随后一层层地垒上较小的石块,使它们形成直达水面的背景墙。这种设置为那些喜欢穴居的种类提供了许多洞穴和水道,也在水族箱的前方留下了较为开阔的空间。在这儿,游动的鱼儿可以尽情展示它们的优美姿态,而潜沙鱼类在这里也可以找到它们所需的沙或沙砾的底质。

接下来就是要为这些鱼类提供足够多

色彩丰富的非洲峡谷湖泊的丽鱼

的分隔区。譬如,来自坦喀尼喀湖的朱莉鱼将卵产于石板底下以防止在孵化时被捕食。其他的一些非洲丽鱼科的种类则栖居于贝壳中并在贝壳中产卵。因此,需要为这些体型微小的种类预先备好空蜗牛壳,以使它能与上面开阔的水体和下面的底质恰当地分隔,使这些鱼儿能够在没有过多的外界干扰下建立起它们小小的领地。

市场上有众多的丽鱼科种类和其他的淡水鱼,它们的养殖条件千差万别。因此,了解这些种类并向零售商和有经验的养殖者寻求建议是明智的。在装配水族箱的过程中应综合这些信息,并遵循上述的指导,这样就能保证整个过程有一个好的结果。

半咸水水族箱

前面我们已经提到到过两种类型的半咸水水族箱:红树沼泽型和"海水性"半咸水型。当然,在这两者之间还有大量的中间过渡类型,但以这种方式来划分会使这个概念更容易理解。显然,含有比红树沼泽系统更多淡水的水族箱就更接近于真正的淡水水族箱,从某种意义上说,它更易于管理。但是,如果你没有十足的信心能管理好一个半咸水水族箱,那么你最好从接近淡水的水族箱养殖开始。

这样做的结果会使这种水族箱或多或少地更像一个标准的淡水水族箱,仅仅有一些相对小的变化,如用漂流木代替朽木块。

红树沼泽型水族箱

红树沼泽型水族箱通常的装配程序与淡水群落类型水族箱的一样,所不同的是,生长于红树林中的一些鱼类,如弹涂鱼,它们喜欢到泥岸上觅食,因此,如果你打算养弹涂鱼,应将珊瑚沙或沙砾与常规的沙砾或银沙混合在一起堆成可供觅食和休憩的斜坡。这对一个水面离玻璃上边缘一般只有几厘米的水族箱来说是不可能实现的。因此当你给这种类型的水族箱注水时,加水的量应视需要留下的暴露于空气中的沙石或其他底质的深度而定。

在装配半咸水水族箱时,在水注入水族箱之前应将海盐溶解在水中。海盐的用量取决于水族箱中的水应达到的盐度水平。下面是一个粗略的指标:

·1.5g/l 海盐,此时水的比重为 1.002,这仅为很淡的半咸水。

·8g/l 海盐,此时水的比重为 1.008。

"海水性"半咸水型水族箱

一旦加入的盐使水的比重升至 1.010 左右,装配时就应参照装配海水水族箱的要求了。例如,珊瑚沙或沙砾在底质中所占的比例应高于红树沼泽型系统的。盐度不断上升时,水族箱的条件将越来越接近直至完全变成真正的海水条件。

在高的盐度水平下,只有少数的生活于红树沼泽型水族箱中的水草能在此环境下生存下来。在这样的水族箱中,装饰物如漂浮木可用真正的海水饰品,如海产贝壳或人造珊瑚取代或一起使用。

海水水族箱

毫无疑问,装配一个海水水族箱会比装配一个淡水或半咸水的水族箱困难得多。但装配海水水族箱并非不可能做到——只不过更有挑战性而已。由于可让你犯错误的空间更小了,所以准备工作要做得更细致、更到位。装配海水水族箱的基本步骤与淡水系统的很相似,但也有一些显著的区别。

底质的铺设

底质通常由两层组成。底层是直接铺于箱底或沙底过滤器(如有使用)上的粗沙砾层或石片层,这一层用沙砾盘盖住,沙砾盘上铺上更细的底质材料如珊瑚沙等。

岩石的选择

岩石可以采用相类似的,在安排上可与非洲裂谷湖泊系统水族箱中的类似。在海水水族箱中岩石也可与其他的材料合用,如目前被反对使用的漂白的天然珊瑚骨骼,或者人工珊瑚石。海水水族箱中通常认为不适合用木头,但化石或硅化木可以使用。

惰性的但引人注意的石块包括天然或人造的熔岩石和其他类似的东西也可以配合使用。"活"岩石对海水水族箱来说并不是一个好的选择。因为那些躲藏在岩石缝中的无脊椎动物探出头、足或触角时或是冒险出来觅食时,都可能成为鱼的一顿美餐。

一个建得非常好的海水水族箱

水族箱的加水

海水水族箱的加水过程与淡水水族箱的相似,但海水水族箱注水前还有一个准备工作。首先,应计算水族箱的体积。这可用长乘宽乘高算出体积。如果你是以厘米为单位,将总得数除以 1000,你将得到以升为单位的体积数。举例来说,一个水族箱的测量值为 100cm×45cm×30cm,用下列方式得出总体积:

$$\frac{100 \times 45 \times 30}{1000} = \frac{135000}{1000} = 135(1)$$

经布置后的实际体积(即当所有的岩石、沙砾以及其他东西都放置好后的剩余空间体积)一般占总体积的 80%~90%,这个比例的大小取决于在水族箱中岩石和沙砾的用量。上例中,经计算后,实际体积在 108~121.5l 之间。在这个阶段使用大约数即可。

将水族箱体积计算出来后,选择下述一种方法,将所需的盐溶解于水中。

·往水族箱中加水至离上边缘约 5cm处。在注水前,先让水流几分钟(尤其是在清晨),这样可使一些潜在的有毒化学物质(如可能出现在水管中的铜或铅)被清除。然后根据海盐包装袋上的说明将适量的盐溶解于水中,使比重计的读数落在 1.021~1.024

之间。如果你愿意,可将盐先加到水族箱中然后再往水族箱中加水。

·将海盐与一定量的水在桶中混合,并测得其比重,然后注入水族箱中。重复这个过程直至水族箱注满水。

注:不要使用金属桶。水可以用木棍或塑料棍搅拌以使盐溶解。

在水族箱中继续使盐完全溶解,并在温度达到设定的水温时,重新检测并调整盐度。如有需要,可加入淡水或盐溶液。若不再往其中放岩石,注水的过程就算是完成了。若还要往水族箱中放岩石,可先放入石块,再将水抽至原先的水位,或先抽水,然后放入岩石,最后再重新调节水位。

水族箱的养护与鱼的放养

水族箱装配完之后,水族箱内环境的性质就开始改变并逐渐成熟。新装配好的水族箱过于"原始",刚开始时,尽管水草可能在其中存活,但动物却无法在其中生存。所有类型的水族箱都需要有一个成熟期,尽管水质调节剂和促成熟媒剂可能加快其成熟的进程,但如果人为地过分缩短这个时期,毫无疑问将会出问题。实际上,这些问题相当常见。

应用下述措施可避免出现这些问题。在淡水水族箱中，最初的成熟阶段需要大约一周的时间，但海水系统要花上相当长的一段时间。

淡水水族箱

让淡水水族箱每天接受 12~15 小时的光照，持续一周，并调整温度等各项水环境指标。在这期间，水族箱中的水可能会变混浊，但这是相当正常的。当滤器中的生物开始活动后，水将在几天内清澈起来。尽管所有的水草均可预先种植在水族箱中，但不应该在成熟期完成前往水族箱中投放任何的鱼。

海水水族箱

可以像管理淡水水族箱一样管理海水水族箱，但推荐在海水水族箱中使用促成熟媒剂。在此阶段不要往水族箱中投放任何耐受性强的鱼。因为这对这些鱼来说是不必要的也是不公平的。而且一旦它们存活下来，它们将在水族箱中建立自己的领地，使后续的投放鱼的工作变得十分困难。

在水族箱成熟过程中，会有一个叫做"亚硝酸盐危机"的时期。这个时期可能会持续一个月乃至更长的一段时间，这主要取决于水温和细菌的数量。甚至在度过这个时期后，过滤器还不太成熟，无法承受太重的负荷，因此放养的工作要做得格外认真。实际上，海水水族箱需要一年才能完全成熟。

选择鱼和无脊椎动物

无论你怎么认真，都不可能百分百地保证挑到的鱼都是健康的，而在挑选无脊椎动物时，这就显得更困难。但是，遵循下述几个原则，将在很大程度上减少风险。

·买经过检疫的鱼（或经过适应性饲养的鱼），或者在一个独立的水族箱中让所有的鱼先适应性饲养约一周时间。如果你买的是经过检疫的，可以先放养在新建的部分成熟的水族箱中。

·只购买那些活力强的、体色与种的特征相符的、鳍直立坚挺的、肢体完整且被广泛饲养的鱼类。这就要求你事先熟悉所要购买种类的各种特征，清楚怎样才算是正常的颜色和行为。如果你买的是无脊椎动物，就要进行更仔细的观察，因为许多种类的状态是通过细微的行为表现出来的。

·如果在你想去买鱼的商店中有任何的死鱼或有明显病态的鱼或无脊椎动物，即使你想买的鱼和无脊椎动物看起来是多么的健康，也请你打消购买的念头。

·尽可能在傍晚去买，这样你到家时恰好是

一个放养量很大的水族箱中的红鼻鱼和宝莲灯鱼

上半夜，这时就避开了白天对水族箱产生的影响，这时将鱼放到水族箱中最合适。

鱼类的放养

观赏鱼种类繁多且养殖条件千差万别，很难说出一个水族箱能养多少鱼。即使在同一个水族箱中，温度、食物、过滤、充气或其他因素的改变都将导致水族箱中合适放养的鱼的数量发生极大的改变。

淡水水族箱中鱼类的放养

重要的是不要太贪心，尤其是在刚开始时。淡水水族箱的安全放养方式是先放养所能容纳的总数的 50%，并在几周后再逐渐增加鱼的放养数量。这种方式的一个优点就是避免了一下子给过滤器施加过大的负荷，并

建议容纳量			
水族箱上表面面积 （近似面积）	鱼的数目（以体长分）		
	小于5cm	5~7.5cm	7.5~10cm
45cm×25cm	14	10	不推荐放养
60cm×30cm	22	16	14
90cm×30cm	33	24	21
120cm×30cm	44	32	29
150cm×45cm	83	60	54

以慢慢增加鱼的数量的方式给过滤器足够的成熟时间来提高其效率。

上述表格所给出的数字代表水族箱近似的容纳量（满负荷时），所容纳的鱼攻击性不能太强，也不能有其他不理想的特征，如必须单独饲养或成对饲养。注意表中的鱼的体长不包括尾长。

如果准备饲养的是非洲裂谷湖泊的丽鱼科鱼，可将建议的容纳量提高50%。这样的群体放养可以使其攻击性倾向于分散，这样就减少了某一个体变成攻击对象的危险。就像前面提到的那样，饲养量高的水族箱需要有高效的过滤系统。

海水水族箱中鱼类的放养

因为海水水族箱的成熟期较长，另外，海水溶解氧的能力较差，海水中氨的毒性更强，这些因素使海水水族箱所能容纳的鱼的数量要低一些。在滤器成熟时间未满一年

用保温盒运输鱼

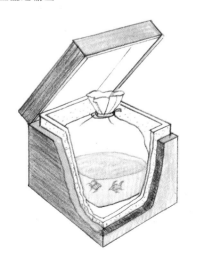

时，最好不要让水族箱满负荷饲养。

传统的淡水水族箱容纳量是以每平方厘米水面所平均的鱼的数量计算的。而传统的海水水族箱是以每立方厘米容积来计算其容纳量的。进一步的差异在于：淡水水族箱在几个星期内就可达到满负荷饲养的水平，但海水水族箱系统则要经过两个阶段：

·在头6个月中（初步成熟阶段完成时），容纳量可逐步上升到每18l水一只2.5cm长的鱼。

·在第二个6个月中，这个水平可提高到每9l水一只2.5cm长的鱼。

通常，无脊椎动物的养殖密度可以较高，养殖密度主要取决于它的种类和需求状况。即使这样，在装配水族箱的过程中也必须循序渐进，使得滤器能逐步提高效率来满足不断增加的负载量。

鱼的投放

成功投放的方法有许多种。下述投放步骤常被认为是安全的，但也可参照其他投放方法做一些变通。例如，一些养殖者在将鱼或无脊椎动物放入水族箱时从不把运输袋中的水倒入水族箱，但另外一些人却总是这样做。

投放时应注意让运输时的水的条件与水族箱中水的条件逐渐相接近，并尽量减少鱼在整个过程中受刺激。

·将包装好的鱼放在保温袋或保温盒中（就像保温快餐那样），使之在回家路上时水温变化最小。如果没有这样的条件，也应当用

将装鱼的袋子置于水族箱中

报纸或隔热的袋子来包裹装鱼的袋子。尽量避免让装鱼的袋子暴露于外界环境中,以减少鱼所受到的刺激。

· 当你到家时,关掉水族箱的灯。
· 将装鱼或无脊椎动物的袋子飘浮在水族箱的水中。
· 让袋子在水中飘浮10分钟,使袋内外温度平衡。如果袋中水的体积较大,平衡温度所需的时间就要更长些。
· 解开袋子。
· 用水族箱中的水替换袋中四分之一的水。
· 放置10分钟。
· 重复前两个步骤两次,这样可使动物逐渐地适应它们新的水环境,减少来自环境的刺激。
· 轻轻地将动物放到水族箱中。
· 水族箱中的灯依然是关着的。
· 至少在几个小时内不要喂食,最好到第二天早上再喂。

如果以上的步骤是在傍晚或上半夜完成的,鱼类和会移动的无脊椎动物就有足够的时间在它们喜欢的自然光条件下去熟悉它们的新环境。它们就可以仔细查看水族箱的环境并找到适合夜晚藏身的处所而不必在水族箱灯光的照射下来做这件事。它们也就能够在慢慢变亮的自然光下开始它们在水族箱中的第一天。

喂食

有关食物和喂食的内容较多,因此无法在这儿对其进行具体介绍。幸运的是,大多数的鱼类和很多的无脊椎动物食性广泛,而且大多数的种类可以摄食商品饵料。假若你是一个养殖新手,在实际运作过程中应尽量避免选择那些没有现成饵料供应的种类。先学习如何成功饲养易养的种类再逐渐过渡到饲养更富挑战性的种类比一开始便饲养难度较大的种类而以失败告终要好得多。匆忙决定饲养难度较大的种类必然会使所有的养殖者忽略了他们最基本的任务。因此,你必须弄清你想要购买的鱼和无脊椎动物对饵料的需求,然后只买下那些你能购买到食物的种类。

一些无脊椎动物根本无需喂食,它们只要有充足的光照就可以利用它们携带的共栖藻类进行光合作用所产生的营养物质。实际上,给这些生物投饵不仅毫无意义,而且还有可能导致水质条件的恶化。其他的一些种类仅需几天投喂一次,还有的种类只需每周投饵一次,情况不一而足。

一天投饵一至两次的通常条件是,一定量的适口饵料能在5分钟内被吃完。所有的残饵必须清除掉以避免发生水质污染。

投饵前应先查清某些种类对食物的特殊需求。如果有什么疑问,就应立即停止投喂并寻求明确的解答。

在放养量适当的水族箱中,水草、鱼和无脊椎动物之间可达到一种平衡

水族箱的养护

　　水族箱的养护方式几乎和装配它的程序一样多样,实际养护中必须根据栖居者的实际需求和你自己的条件操作。当然,一些基本的规则是应该遵循的,但应该因地制宜地加以运用。

日常养护

·假若所养的种类是活泼的群居类型或是其他对能量需求高的种类，则应每天至少投喂食物两次。投饵频率应根据具体的鱼类和无脊椎动物进行调节。

·检查水族箱饲养生物的健康状况，如有必要，将被感染的鱼移出水族箱进行治疗。

·检查是否有繁殖活动,若有,将鱼苗或正在追逐的亲鱼移到适当的地方。

·检测水温。

·在房间开灯后几分钟或天亮之后再打开水族箱的灯。

·在晚上观察那些晚间或晨昏活动种类的健康状况，并在关灯前或关灯后给它们喂食。

·在房间关灯前几分钟或在天快黑之前先关掉水族箱的灯。

每周的养护

·停止喂鱼一天(正在产卵的鱼和幼鱼除外)。

·检查加热器和温度自动调节器是否出现诸如开裂等情况。

·检测水的 pH 值、硬度、比重(海水)、氨和亚硝酸盐的含量,并在必要时进行调节。确保对此进行的调节是逐渐进行的。

·检查饵料、水处理剂和药物的贮备量。

每两周的养护

·关掉气泵(不针对海水水族箱)。

·轻轻耙起或搅动底质的表层。

·刮除水族箱正面玻璃上过度生长的藻类。

·让残渣沉降下来。

·将残渣用虹吸管吸走并吸掉 20%~25% 的水。

·用与水族箱中水的 pH 值、硬度、盐度相同的新鲜水替换被吸掉的水。若要大量换水,新鲜的水必须经过脱氯处理。

·打开气泵。

　　注：常规的部分换水的工作不要在早晨进行，除非在换水前已让水龙头开着水流了几分钟以去除水管中积存的诸如铜之类的有害物质。对于海水水族箱,换水间隔期可延长至 3~4 周。若需往水族箱中加满水,一般使用淡水,即使在海水水族箱中也一样。

每三周或每月的养护

·清洗或换掉海绵或泡沫胶及桶形或箱形过滤器中的非生物性滤材。

·用水族箱中的水冲洗各类滤器中的生物性滤材。

　　注:不要消毒或煮沸生物性滤材,因为那样会破坏其中的微生物,结果导致在新的微生物群建立之前滤器失效。

·如果使用沙底过滤器,从它的空气提升器上移走输气管，并从开口处清除沉积于其中的任何藻类及钙积垢。

·在每个沙底过滤器的空气提升器顶部插入一根虹吸管并从滤板中吸掉少量沉积的生物碎屑。

·清洗或更换散气石。

·检查气泵的隔膜。

·清洁插在气管上的单向阀。

·清洁冷凝水收集盘或玻璃盖。

·检查所有的灯光设备(如电器接头)。

·摘除枯掉的水草叶子，修剪或拔掉过密的水草，并整理好它们。

·更换生长不好的水草。

鱼病防治

建立保健程序是一种积极的、预防性的、前瞻性的手段，但建立疾病治疗程序则属于补救的、反应性的方法。事实上，绝大多数健康问题可通过注意水质变化、种群情况和改进养护方式而得以解决。有人说，养鱼就是养水，养好了水就等于养好了鱼。

采用健康监测的方法来养护一个水族箱就像是采用健康监测的方法保养自己的生命一样。两种方法都反映出一种积极的态度，那就是将问题遏止在萌芽状态。消极的方法往往不注重日常管理，在出现问题时就依赖于药物，希望以药物来补救过失，这对鱼类和无脊椎动物甚至对养殖者本身，都会产生极大的负面影响。

然而，即使你尽了最大的努力，你所饲养的种类仍不可避免会遭到疾病的侵袭。问题出现时，切勿随便往水族箱中投药，否则将会导致灾难性的后果。这时，要做的第一件事就是彻底检测水质和其他饲养条件，确信它们不是造成问题的原因。否则，要纠正出现的任何偏差。

作为一个养殖新手，你不可能靠经验或是药物去解决复杂和严重的养殖生物疾病。幸运的是，你可以从多方面得到很好的帮助。水产专家通晓鱼类健康的各方面问题，热带鱼商店的店员、有经验的饲养者和当地热带鱼俱乐部的成员都可以帮你走出困境。但这并不意味着新手既不能认识也不会治疗任何的鱼病。下表中列出的是较常见的鱼病，新手可掌握并进行实践。但要是没有足够的设备、材料或专业知识，许多其他的疾病是难以诊断的。一些疾病需要进行抗生素治疗，并且这些抗生素在一些国家里是不能随意使用的。这时，即使你能够准确诊断出疾病，也仍需要一张由医师开出的

常见的鱼病及其治疗

淡水鱼

疾病	部分症状	治疗方法
白点病或小瓜虫病（小瓜虫）	在身体和鳍上有小的白点，鱼不断地摩擦身体	有许多专用的治疗药物
脱黏病（小瓜虫、斜管虫、车轮虫）	在皮肤上有黏稠的蓝白色黏液，皮肤黏液大量分泌	可试用治疗白点病的药物。若无效，可以试用抗寄生虫药
鳃部指环虫感染（指环虫）	黏液增多，鳃部发炎，呼吸频率加快，摩擦鳃盖	有专用的治疗药物
体表三代虫感染（三代虫）	皮肤块状发炎溃烂，黏液增多，游动急促且会失去平衡，摩擦皮肤	与治疗指环虫病的方法相同

白点病

脱黏病，可见发亮的白色区

霉菌白斑

绒毛病,出现大量的点状突起

患水肿病的霓虹灯鱼

疾病	部分症状	治疗方法
水霉病或棉渣病(水霉菌)	身体或鳍上有白色绒毛状的斑块	有专用的治疗药物
绒毛病	在身体上和鳍上有非常细小的白色或赭色的尘埃状斑点	有专用的治疗药物
锚头鳋病(锚头鳋)	有白色细长的蠕虫样寄生虫,吸附于身体或鳍上。寄生虫通常带有两个白色卵囊	有一些专用的治疗药物。可用小镊子将寄生虫取下
细菌感染(气单胞菌及其他的细菌)	有出血点或出血斑纹,伤口破溃,鳍损伤,水肿(腹部肿胀,鳞片竖立)	需要用抗生素治疗
棉口病(屈挠杆菌)	吻部有白色生长物,颌骨腐烂	有专用的治疗药物(不要使用一般的真菌病治疗药物)

侧面的皮肤溃烂

口部霉菌感染

海水鱼 *

疾病	部分症状	治疗方法
海水鱼白点病(刺激隐核虫)	与淡水鱼白点病相似	进行淡水浴(但要非常小心,以免过度刺激病鱼),并用铜制剂来治疗,但不能在有无脊椎动物的水族箱中使用
海水鱼绒毛病	与淡水绒毛病相似	铜制剂治疗加短时间的淡水浴

灰鲻鱼的海水鱼白点病

刺尾鱼的海水鱼白点病

* 海水鱼白点病和海水鱼绒毛病是海水鱼特有的疾病,除此之外海水鱼也易得其他疾病,它们的症状和治疗方案也与列出的淡水鱼疾病治疗方法类似,最常见的海水鱼病是细菌性疾病和体表寄生虫感染。铜对许多海水鱼疾病都是很有效的,但它对无脊椎动物来说却是致命的。因此在养无脊椎动物时不能使用铜制剂。

淡水浴对海水生物刺激很大。但它却常起作用,因为它是通过"渗透压休克"的方法来驱杀海水寄生虫的。治疗时要注意仔细观察被处理的鱼,一旦出现应激现象(如失去平衡),应立即停止。第一次用这种方法治疗鱼病时,应有曾用过这种方法的有经验的饲养者或助手来协助完成。

第三章
热带鱼水族箱养殖的种类

水族箱养殖的种类

目前从鱼类、植物及无脊椎动物的栖息地已获得数千种的种类。所有这些种类都有这样或那样的特征而让人渴望拥有它们,许多种类是如此的惹人喜爱以至于让人难以抵挡它们的魅力。但并非所有的种类都适于新的饲养者,这些种类或是个体太大或是具有攻击性或胃口极大或是它们难以饲养。两个浅显的例子就是淡水类的锯脂鲤和海水类的海马。前者的名字已说明它的好斗特征,而后者虽被广泛饲养,但即使是对于经验丰富的饲养者来说饲养也极具挑战性。

在下面的篇幅中列出了许多可供选择的种类,其中一些在任何情况下都被认为是难以饲养的。但商店会有这些种类出售,并因此会介绍给许多初次养鱼的人。尽管它们可以买到,但在没有从一些更强壮、更易于饲养的种类上获得一些经验就贸然买下它们将是一个重大的错误。本书在介绍这些难以饲养的种类时,还介绍了这些要求较高的饲养条件,这样我们希望养殖新手先不要将它们列入最初的购买清单中,而等到他们熟悉有效的水族箱管理技巧后再去购买。

俗名与拉丁学名

目前世界上总共有2万多种的鱼及更多的无脊椎动物,其中绝大多数种类拥有正式记录的拉丁学名,一小部分却仍没有拉丁学名,但也将在适当的时机拥有一个适当的拉丁学名。许多的种类还有俗名,它们通常要比学名容易拼写且好记忆得多。也许你会问,既然如此,那么我们为什么不废除学名而使用更易掌握的俗名呢?原因有几个:

首先,拉丁学名是从整体上来认识这个世界的,而俗名往往没有这种功能。另外,某一个种类即使在同一国家中亦常常有几个不同的俗名。

相反,不同的鱼也许会有同一个俗名。例如如果有人提到食蚊鱼,它们可能是指拉丁学名为 *Heterandria formosa* 的小鳉或是另外的两个食蚊鱼中的某一种,其学名分别为 *Gambusia affinis* 或 *Gambusia holbrooki*。此外,有许多种类却根本没有俗名,以至于我们无法谈到它们。

种类指南

传统的划分鱼类、无脊椎动物和水草的方法是将它们分为淡水类、半咸水类和海水类。由于本书旨在为热带鱼饲养爱好者提供简捷明了的指导,故而将所介绍的种类划分为:

·推荐给初级养殖者的种类:这些鱼和无脊椎动物又可分为淡水热带种类、冷水热带种类、半咸水种类和海水种类。这一类中的物种非常多,本书只介绍代表性种类。

·推荐给中级养殖者的种类:这些种类更难饲养,因此这一部分包括了关于这些种类的普遍性的养殖建议,并列举出了一些最常见的和最具代表性的种类。

·推荐给富有经验的饲养者的种类:这些种类只做一般性的介绍,这一部分亦包括了一些经常会见到的种类,但建议初学者最好不要去偿试。

·水草:分为淡水种类、半咸水种类和海水种类。现在有大量的淡水水草可买得到,但可买到的半咸水种类和海水种类的水草则很少。

适于初级养殖者的种类

淡水种类

　　本表中包括了一些广泛被养殖的种类。它们通常被称作"群落鱼类",因为它们能够很好地相容。这些种类价格合理、美丽多姿,且在水族箱中饲养和繁殖也相对容易。本表中所列的种类还将在下文中分别介绍。

名称	拉丁学名	特点
卵胎生种类		
胎鳉科		
宽帆鳉	*Poecilia latipinna, P.sphenops, P.velifera*	帆鳉鱼应饲养在每4.5l水含一茶匙盐的水中
孔雀鱼	*Poecilia reticulata*	有许多珍奇的品种
剑尾鱼、斑剑尾鱼	*Xiphophorus helleri, X.maculatus*	不同种类的亲缘关系很近,可杂交
卵生种类		
斗鱼科		
五彩搏鱼	*Betta splendens*	在群落水族箱中仅可饲养一只雄鱼
丽丽鱼、曼龙	*Colisa lalia, Trichogaster trichopterus*	有特殊的呼吸器官。雄性有攻击性
美鲇科		
铜兵鲇	*Corydoras aeneus*	体形健壮,属底层采食类
脂鲤科		
黑裙鱼	*Gymmocorymbus ternetzi*	属群居性种类
红鼻鱼	*Hemigrammus rhodostomus*	体形苗条,头呈红色
红绿灯鱼、宝莲灯鱼	*Paracheirodon innesi, P.axelrodi*	这两种鱼非常相似,但宝莲灯鱼颜色更为丰富。两者都为群居性种类
丽鱼科		
神仙鱼	*Pterophyllum scalare*	仅小型的才能在群落水族箱中饲养
红肚凤凰	*Pelvicachromis pulcher*	雌鱼比雄鱼更多彩
鳅科		
蛇仔鱼	*Acanthophthalmus spp.*	性情温和,体形像鳗鱼
鲤科		
虎皮鲃	*Barbus tetrazona*	个性活泼,属群居性种类
斑马鱼	*Brachydanio rerio*	游动快速,属群居性种类
飞狐鱼	*Epalzeorhynchus kallopterus*	体形呈鱼雷形,游动快速
文体波鱼(三角斑波鱼)	*Rasbora heteromorpha*	在身体的后半部有一个黑色三角形斑
双孔鱼科		
暹罗食藻鱼	*Gyrinocheilus aymonieri*	口呈吸管状,游动快速,属素食类
甲鲇科		
吸口鲇	*Hypostomus spp.*	口呈吸管状,属素食类

卵胎生种类

胎鳉科

根据现在的观点,这一科由三个亚科组成,其中两个亚科属于卵生种类,余下的那一个亚科——胎鳉亚科(这一亚科正是我们所感兴趣的)则是由卵胎生种类组成。这正像它们的名字所暗示的,卵胎生种类产出的是完全成形的幼体,而其他鱼类产出的则是它们的卵。

宽帆鳉
Poecilia latipinna,
P.velifera

这类鱼在外观上很相似。*P.velifera* 更合适的名称应为尤卡坦玛丽鱼。在野生的 *P.latipinna* 的种群中,并不是所有的雄性种类都发育出游泳鳍。两个种已经杂交,因而产生了许多适合于水族箱养殖的品种。

种的细节

大小:*P.latipinna*:雄性体长约 10cm, 雌性约 12cm;*P.velifera*:雄性可达 15cm,雌性达 18cm。

原产地:*P.latipinna*:美国的卡罗来纳、弗吉尼亚、得克萨斯、佛罗里达和墨西哥的大西洋海岸;*P.velifera*:墨西哥的尤卡坦半岛。

饲养难易程度:中等。

繁殖:一般每隔 6~10 周产一大群(数量可达 140 只)。

水族箱的管理

水:碱性的、中等硬度的含 5%~10% 海水或盐水的水。

水温:23~28℃,适温范围内,较高的温度对保持长期健康和繁殖更为有利。

饵料:可吃各种的商品饵料,饵料应含有植物性成分。

孔雀鱼
Poecilia reticulata

也被称为百万鱼。孔雀鱼的雄鱼个体小,变化多样,且要比雌鱼颜色更为鲜艳。最近几年,也已培育出有漂亮颜色的雌鱼,且这些鱼因为自身的特点,很快就被广为蓄养。在野生状态下,孔雀鱼的鳍较短。在饲养条件下,尾鳍被培育出各式各样的大小和形状。新的孔雀鱼品种还在不断地被选育出来。

种的细节

大小:野生雄鱼体长约 3cm;雌鱼约 5cm。养殖的个体类型要比野生的大得多。

原产地:广泛分布于亚马逊河北岸。在过去的几年中,被大量引种到许多国家,且大多被用作控制蚊子繁衍的手段。

饲养难易程度:易于饲养。

繁殖:中等大小的雌鱼每隔 4~6 周产约 50 只鱼苗。

水族箱的管理

水:要求中等硬度的水。

水温:这是一种耐受性强的小型鱼类,它们的适温范围广,但最适宜的水温介于 21~25℃ 之间。

饵料:可吃所有的商品饵料。

孔雀鱼

宽帆鳉

短鳍玛丽鱼

黑玛丽
Poecilia sphenops

以前黑玛丽（与黑帆鳉相区别）指的是学名为 *Poecilia sphenops* 的品种。最近的研究表明，短鳍的黑玛丽是由黑色的宽帆鳉与真正的黑玛丽鱼（*P.sphenops*）的杂交种选育来的。但无论其起源如何，黑玛丽都是最常见的令人心动的观赏鱼之一。

种的细节
大小：野生个体雄性体长约 6cm，雌性体长 8cm。

原产地：美国的得克萨斯、墨西哥（沿海岸线）、哥伦比亚都有出产。

饲养难易程度：中等。

繁殖：每隔 5~7 周产约 80 只的鱼苗。

水族箱的管理
水：喜好碱性的、中等硬度的含 5%~10% 的海水或盐水的水。

水温：23~28℃，在适温范围内，较高的温度更适于保持其长期的健康状态和繁殖能力。

饵料：可采食多种的商品饵料，饵料中必须含有植物性成分。

剑尾鱼
Xiphophorus helleri

雄鱼游动速度快，其柔软的尾鳍下端延伸出一条像剑一样的鳍条，故该鱼被称为"剑尾鱼"。该鱼的野生种类形态多样，被选育的品种数量巨大且还在不断扩大之中。剑尾鱼生性活泼，耐受性强，但因雄鱼之间会互相攻击，所以建议在一个水族箱中只蓄养一只雄鱼。雌鱼无此特征。大多水族箱养殖的剑尾鱼其遗传背景较复杂。

种的细节
大小：雄鱼不含剑尾约长 14cm，雌鱼体长可达 16cm。但一些选育的品种体型要

雄性高鳍剑尾鱼

雌性金色剑尾鱼

更小些。

原产地：从墨西哥到洪都拉斯北部的大西洋沿岸。也被引种到其自然分布区外的许多地区，包括斯里兰卡和澳大利亚等地。

饲养难易程度：易于饲养。

繁殖：每 4~6 周产约 50 只鱼苗。

水族箱的管理
水：对水质条件要求不严，但水质不能过于贫瘠。

水温：22~26℃。

饵料：能摄食各种商品饵料。

黑玛丽

49

短鳍落日红

斑剑尾鱼

斑剑尾鱼
Xiphophorus maculatus

斑剑尾鱼（又称月光鱼）像孔雀鱼一样，其野生群体的体色十分多样。

种的细节
大小：雄鱼体长约 4cm，雌鱼可达 6cm。

原产地：从墨西哥的维拉克鲁斯往南到洪都拉斯和危地马拉的大西洋沿岸。也被引种到其自然分布区外的许多其他地区，包括尼日利亚和沙特阿拉伯等地。

饲养难易程度：中等。

繁殖：每 4~6 周产 40~50 只鱼苗。

水族箱的管理
水：对水质条件要求不甚严格，但水质应合符标准。种有许多水草的水族箱更适于其生活。

水温：20~26℃，在适温范围内更喜欢温度较高的环境。

饵料：可摄食各种饵料。

特殊要求：水族箱要求种植有多种水草。

落日红（三色鱼）
Xiphophorus variatus

这种讨人喜欢的鱼像

它的近缘种及孔雀鱼一样，在野生群体中其个体形态变化多端。它也易于与剑尾鱼及斑剑尾鱼杂交。

种的细节
大小：野生雄鱼体长约 4.5cm，雌鱼约 5.5cm，但选育的品种通常体型要大些。

原产地：墨西哥的大西洋沿岸地带，但也被引种到其自然分布区以外的其他地方。

饲养难易程度：易于饲养。

繁殖：每 4~6 周产约 50 只鱼苗（但有时可高达 100 只左右）。

水族箱的管理
水：对水质的要求不严格，具有较强的适应性，但更喜欢弱碱性的硬水。

水温：曾记录在野外采集地其可生活于 16℃ 的水中，但水族箱饲养时可选择 20~27℃ 的饲养温度。

饵料：食性杂，可摄食多种商品饵料。

长鳍落日红

卵生种类

斗鱼科

五彩搏鱼
Betta splendens

这种漂亮的鱼已被选育出许多具有瑰丽色彩的、有长鳍的品种。五彩搏鱼尽管有好斗的名声，但实际上仅有雄鱼具有攻击性，且只攻击同种雄鱼。雌鱼鳍短，性格温顺且喜欢独处。

种的细节

大小：体长约6.5cm。

原产地：主产于泰国和柬埔寨。

饲养难易程度：易于饲养。

繁殖：产卵于气泡组成的巢中，巢由雄鱼负责建造和守卫。常可在群落水族箱中繁殖。雄鱼的攻击性在繁殖期间会造成一些不良影响。

水族箱的管理

水：对水的化学组成要求不严。

水温：24~30℃。

饵料：可摄食所有的商品饵料。

丽丽鱼
Colisa lalia

对于群落水族箱，这一种类是饲养者的最佳的选择，并且有好几种颜色可供选择，包括霓虹色、落日色，且最近还有长鳍的变异种。雄鱼的体色比雌鱼丰富且在繁殖期间具有占域性。

五彩搏鱼

种的细节

大小：雄鱼体长约5cm，雌鱼要小些，野生的品种体型也小些。

原产地：印度，尤以阿萨姆邦出产最丰。

饲养难易程度：易于饲养。

繁殖：产卵于气泡巢中，巢由雄鱼负责建造和守卫。常可在群落水族箱中繁殖，雄鱼的攻击性在繁殖期间会造成一些不良影响。

水族箱的管理

水：对水质条件要求不严。

水温：24~28℃。

饵料：能摄食各种商品饵料。

霓虹丽丽鱼

落日丽丽鱼

白曼龙

两星或三星曼龙，蓝、白、金曼龙

Trichogaster trichopterus

除了以上所列品种之外，其他颜色的品种还在不断出现。偶尔一些真正的野生种类，如紫色或棕色曼龙也有人饲养。

种的细节

大小：体长可达15cm。雄鱼的背鳍、臀鳍都显得更宽大和尖利，但体型比雌鱼更纤细和瘦长。

原产地：东南亚地区。

饲养难易程度：中等。

繁殖：产卵于气泡巢中，巢由雄鱼建造和守卫。在群落水族箱中可繁殖，雄鱼的攻击性在繁殖期间会造成一些不良影响。

水族箱的管理

水：可耐受的水质条件范围较宽。

水温：23~28℃。

饵料：能摄食所有的商品饵料。

蜜鲈

其他的毛足鲈类

毛足鲈类除了上面介绍的丽丽鱼及曼龙之外还包括一些一般不适合初级养殖者养殖的种类，如丝足鲈（*Osphronemus goramy*）、咖啡曼龙（*Sphaerichthys spp.*）和不那么娇贵但仍有饲养难度的咕鲈属的种类。下面所列出的是群落饲养条件下有一定耐受力的毛足鲈类。所标注的体长是能达到的最大体长。

名称	拉丁学名	大小
密鲈	*Colisa sota*	5cm
条纹密鲈	*Colisa fasciata*	10cm
厚唇丽丽	*Colisa labiosa*	8cm
接吻鱼	*Helostoma temmincki*	30cm
珍珠马甲鱼	*Trichogaster leeri*	10cm
薄唇丽丽	*Trichogaster microlepis*	15cm
蛇皮马甲鱼	*Trichogaster pectoralis*	25cm

铜兵鲇

美鲇科

铜兵鲇
Corydoras aeneus

铜兵鲇身体健壮、体态诱人,属底栖种类,有时被用于食腐,它可将水族箱中的残饵及其他鱼类的粪便等废物吃掉。现在已有好几种的鲇鱼应用于水族箱的饲养中,最常见的是白化种,其次就是灰斑或橘红色的品种。

种的细节
大小:体长约 7.5cm。
原产地:全南美洲均有分布。
饲养难易程度:易于饲养。
繁殖:雌鱼产完卵后,先将卵子携带于杯状的腹鳍之间,然后将其藏于植物和其他物体的表面。

水族箱的管理
水:可耐受各种水质环境。
水温:18~26℃。
饵料:食性杂,尤其喜欢颗粒状易沉底的饵料。

脂鲤科

黑裙鱼(黑寡妇)
Gymnocorymbus ternetzi

身体不像其他的鲤鱼那样呈流线型,但它是一个诱人的群居种类,有多种人工选育的多鳍的和颜色多样的品种,包括红色的品种。

种的细节
大小:野生种类体长约 5cm,人工繁殖的长鳍品种要稍长些。
原产地:南美洲中部地区。
饲养难易程度:易于饲养。
繁殖:散布卵,不太可能在群落水族箱中繁殖。

水族箱的管理
水:对各种水质具有较强的耐受力,但要避免直接使用水龙头中刚流出来的水。
水温:24~28℃。
饵料:可摄食多种商品饵料。
特殊要求:喜欢表层水域。

长鳍黑裙

其他的鲇及其近缘种

鲇鱼有多种,并且不断有新的可作为水族箱饲养的品种出现。各种鲇鱼所要求的饲养条件大致相同。

名称	拉丁学名	大小
翠玉鲇	*Brochis splendens*	10cm
黑顶鲇	*Corydoras acutus*	5.5cm
弓背猫	*Corydoras arcuatus*	5cm
雅兵鲇	*Corydoras elegans*	6cm
侏儒鲇	*Corydoras habrosus*	3cm
矛兵鲇	*Corydoras hastatus*	2cm
豹兵鲇	*Corydoras julii*	6cm
匪鲇或假面鲇	*Corydoras metae*	6cm

红鼻鱼
Hemigrammus rhodostomus

非常多具有相似外观的种类都被称为红鼻鱼。这些种类都有一个红色的头部，喜好群居。单独的个体较为胆小，群居时则较为活泼。红鼻鱼与红绿灯鱼和宝莲灯鱼亲缘关系密切。

种的细节
大小：体长约4cm。
原产地：亚马逊流域，不同种的确切分布区有所不同。
饲养难易程度：中等。

红鼻鱼

繁殖：散布产卵。
水族箱的管理
水：喜好软酸性水。
水温：22~25℃，但可耐受更高一点的水温，尤其是宝莲灯鱼。
饵料：可摄食大多数的商品饵料（小颗粒的）。

红绿灯鱼和宝莲灯鱼
Paracheirodon innesi, P.axelrodi

红绿灯鱼和宝莲灯鱼长久以来一直是广受欢迎的卵生种类。红绿灯鱼的红色纵纹只延伸至身体的一半，但在宝莲灯鱼却一直延伸至头部。两者都是群居种类，所以不能单个饲养或仅仅配对饲养。大多的红绿灯鱼现在是人工培育的品种。

种的细节
大小：红绿灯鱼体长可达4cm。宝莲灯鱼可达5cm。

宝莲灯鱼

原产地：红绿灯鱼产于亚马逊河上游。宝莲灯鱼原产于里奥内格罗河上游。
饲养难易程度：易于饲养。
繁殖：将卵散布于水中，不太可能在群落水族箱中繁殖。
水族箱的管理
水：喜好软酸性水。
水温：22~25℃，但可耐受更高一点的水温，尤其是宝莲灯鱼。
饵料：可摄食大多数小颗粒的商品饵料。

其他的脂鲤鱼

有大量的或大或小的脂鲤科鱼适合于群落水族箱饲养，下面只列出一小部分。这些种类的饲养要求与红绿灯鱼大致相同。

名称	拉丁学名	大小
盲目鱼	*Astyanax mexicanus*	9cm
银顶灯鱼	*Hasemania marginata*	4cm
红十字鱼	*Hemigrammus caudovittatus*	7cm
玻璃灯鱼	*Hemigrammus erythrozonus*	4.5cm
头尾灯鱼	*Hemigrammus ocellifer*	4cm
红印鱼	*Hyphessobrycon erythrostigma*	8cm
黑灯鱼	*Hyphessobrycon herbert-axelrodi*	4cm
三带鱼	*Hyphessobrycon heterorhabdus*	5cm
柠檬灯鱼	*Hyphessobrycon pulchripinnis*	5cm
扯旗鱼	*Hyphessobrycon serpae*	4.5cm
皇帝灯鱼	*Nematobrycon palmeri*	6cm
刚果扯旗鱼	*Phenacogrammus interruptus*	8cm
企鹅鱼	*Thayeria obliqua*	7cm

银色七彩神仙鱼

带着幼鱼的雌红肚凤凰

丽鱼科

神仙鱼
Pterophyllum Scalare

神仙鱼饲养广泛,有各种不同的颜色,鳍的形态也各种各样。尽管神仙鱼常常是平和安静的,但实际上它们是肉食性种类,因此不同大小的不宜在同一水族箱中混养。

种的细节
大小:体长可达12cm,但通常体型要小些。野生环境中曾有更大个体的。

原产地:亚马逊流域。

饲养难易程度:中等。

繁殖:产卵于水面,且卵由亲鱼看护,此时,亲鱼变得极有占域性。

水族箱的管理
水:喜欢软性、微酸性的水,但也可忍受其他的水质条件。

水温:23~27℃。

饵料:可摄食各种商品饵料。

红肚凤凰
Pelvicachromis pulcher

这个种类比较特别,雌鱼尽管个体小些,鳍也更短些,但雌鱼的体色与雄鱼的一样丰富甚至还要更丰富一些。现在凤凰鱼中有好几种都被饲养,红肚凤凰是其中最常见的品种。

种的细节
大小:雄鱼体长约10cm,雌鱼约7cm。

原产地:尼日利亚南部。

饲养难易程度:易于饲养。

繁殖:雌鱼将卵产于洞穴中。后代的性别可能会受到水的pH值的影响,pH值越高,其孵出雌性的可能性就越大。

水族箱的管理
水:可耐受各种水质,但在繁殖时需考虑水的pH值对后代性别的影响。

水温:24~28℃。

饵料:可摄食各种商品饵料。

蓝色七彩神仙鱼

55

鳅科

蛇仔鱼
Acanthophthalmus kuhlii

个体小,体形像鳗鱼,身体上有漂亮的斑纹,适于成群饲养。一些种类目前难以准确分类。

蛇仔鱼

种的细节
大小:体长约 10cm。
原产地:东南亚。
饲养难易程度:中等。
繁殖:很难或者说几乎不能在群落水族箱中繁殖。

水族箱的管理
水:对水质条件要求不严格,但水质不宜太贫瘠。
水温:24~30℃。
饵料:可摄食多种饵料,有一些种类要求投喂能沉水的饵料,饵料最好在深夜投喂。

虎皮鲃

鲤科

虎皮鲃
Barbus tetrazona

虎皮鲃个性活泼、有着漂亮的花纹,现已培育出许多品种,包括青苔色的(绿色的)、白化的和香槟色的种类。虎皮鲃具有能分开和合起的鳍钳。当被成群饲养时,鳍钳成为了相互之间炫耀的工具。

金鲃

香槟虎皮鲃

种的细节
大小:体长约 6cm。
原产地:印度尼西亚。
饲养难易程度:易于饲养。
繁殖:像大多数的鲤科鱼类一样,它是以散布产卵的形式繁殖的。

水族箱的管理
水:对水的 pH 值和硬度要求不严,但孵卵时需要有软酸性的水质。
水温:20~28℃。
饵料:可摄食大多数的饵料。

其他的鲃类

鲃的个体大小差异很大,有一些种类不适合在群落水族箱中养殖。下列介绍的是个体大小适中、适合饲养的品种。

名称	拉丁学名	大小
非洲两点鲃	*Barbus bimaculatus*	6cm
玫瑰鲫(五彩鳉)	*Barbus conchonius*	10cm
金鲃(侏儒鲃)	*Barbus gelius*	4cm
三间鲫(黑宝石)	*Barbus nigrofasciatus*	6cm
奥德萨鲃	*Barbus odessa*	6cm
梱边鱼	*Barbus oligolepis*	5cm
黄金条	*Barbus schuberti*	7cm
樱桃鲃(红玫瑰)	*Barbus titteya*	5cm

斑马鱼
Brachydanio rerio

这种美丽的、几乎是过于活泼的群居性鱼类喜欢在水体的上层游动。现在饲养的品种包括长鳍的和金色的。

种的细节
大小:体长约5cm。
原产地:印度东部。
饲养难易程度:易于饲养。
繁殖:将鱼卵散布于水中。

水族箱的管理
水:可耐受绝大多数的水质条件,但要避免采用直接从水龙头中流出的自来水。
水温:18~25℃。
饵料:可摄食大多数的商品饵料,尤其是漂浮性饵料。
特殊要求:由于产下的卵是散布于水中的,易被吞食掉,所以有必要用一张漂浮的网,或是在水族箱底部铺上一层鹅卵石,以防止亲鱼将卵吞食。

飞狐鱼
Epalzeorhynchus kallopterus

这种能快速游动的鱼将它们的大部分时间花在往返于休息地之间。它们以从岩石上刮下的藻类或水草为食。

飞狐鱼

斑马鱼

当休息时,它们沉在水族箱底部,以鳍支撑身体。

种的细节
大小:体长约14cm。
原产地:印度尼西亚。
饲养难易程度:中等。
繁殖:未见在水族箱中产卵的报道。

水族箱的管理
水:能耐受偏软酸性的水质条件。
水温:应保持在22~27℃。
饵料:能摄食大多数的饵料,但饵料中应含有植物性成分。
特殊需求:可能会攻击同种的其他个体,但不会攻击其他种的个体。

文体波鱼(三角斑波鱼)
Rasbora heteromorpha

现在饲养的许多种波鱼中,文体波鱼是最早被人们饲养的品种之一,且至今人们仍对其宠爱有加。它之所以有如此的吸引力,主要是由于它的友善和喜欢群居的个性,而且它身上黑色、锥形的斑纹也十分招人喜爱。

文体波鱼

种的细节
大小:体长约4.5cm。
原产地:马来西亚和泰国。
饲养难易程度:易于饲养。
繁殖:与鲤科常见的产卵方式(绝大多数为散布产卵)不同,文体波鱼将卵产于植物叶片的下表面。

水族箱的管理
水:喜欢软性的,且呈微酸性的水。
水温:24~27℃。
饵料:能摄食大多数颗粒较小的商品饵料。
特殊要求:应成群饲养。

两点波鱼

其他的波鱼		
名称	拉丁学名	大小
红尾波鱼	*Rasbora borapetensis*	4.5cm
两点波鱼	*Rasbora kalochroma*	10cm
美丽波鱼	*Rasbora maculata*	2.5cm
(侏儒波鱼/斑点波鱼)		
红线波鱼	*Rasbora pauciperforata*	6cm
剪刀尾/三线波鱼	*Rasbora trilineata*	12cm

双孔鱼科

暹罗食藻鱼
Gyrinocheilus aymonieri

这种不同寻常的鱼最显著的特征是它的口和鳃室有一个特殊的构造,这种构造能使之在急流中将身体固定在岩石上,同时还能呼吸和摄食。

金双孔鱼

种的细节
大小:体长可达24cm。
原产地:泰国。
饲养难易程度:易于饲养。
繁殖:尽管已进行商业化繁殖,但未见在水族箱中产卵的报道。
水族箱的管理
水:只要溶氧量适当,对其他的水质条件无严格的要求。
水温:21~30℃。

饵料:尽管它有食藻鱼的称号,但它亦可摄食其他的多种饵料。

甲鲇科

吸口鲇
Hypostomus spp.

吸口鲇是一种广受欢迎的吸口型鲇鱼,通常在长到7.5~10cm长时出售。它是一种讨人喜欢的鱼,可以长到较大体型。吸口鲇是出色的食藻鱼,在晚间更为活跃。
种的细节
大小:体长约30~60cm。
原产地:美国南部的一些地区。

饲养难易程度:容易饲养。
繁殖:在水族箱中的情况不详。在野生状态下,一般在洞穴里繁殖。
水族箱的管理
水:只要水质不是贫瘠的,它可适应大范围的水质条件。
水温:20~25℃。
饵料:能摄食大多数的饵料,但饵料必须含有植物性成分。最好在夜间投喂沉水性颗粒状饵料。

金色吸口鲇

琵琶鱼

其他的鲇鱼		
鲇鱼的种类较多,其中有许多种类适合初学者进行饲养,也有许多的种类并不适合于初学者,后者通常指大型的捕食鲇鱼。		

名称	拉丁学名	大小
钩鲇	*Ancistrus spp.*	14cm
丘头鲇(琵琶鱼)	*Bunocephalus spp.*	8cm
舷窗猫	*Dianema longibarbis*	12cm
细枝鲶	*Farlowella spp.*	15cm
二须缺鳍鲇(玻璃鲶鱼)	*Kryptopterus bicirrhis*	12cm
筛耳鲇	*Otociaclus affinis*	5cm

"冷水性"热带种类

正如我们已经看到的,热带和"冷水性"热带条件之间的分界线并非绝对的和清晰的。因此,许多种类介于两者之间并且事实上它们完全可被当作热带种类来对待。尽管这些种类能接受或忍耐低温条件,但也应尽量避免使之处于低温环境太久。

以下列出了一些被广泛饲养的种类,而它们似乎也适合于初级饲养者建立群落水族箱。有一些种类已在淡水热带种类中提到过了,但由于它们能忍耐"冷水"条件,所以又将它们罗列于此。

名称	拉丁学名	温度范围
卵胎生种类		
胎鳉科		
食蚊鱼	*Gambusia affinis*,*G.holbrooki*	可低至10℃
孔雀鱼	*Poecilia reticulata*	21~25℃
斑剑尾鱼	*Xiphophorus maculatus*	20~26℃
落日红	*Xiphophorus variatus*	16~27℃
卵生种类		
斗鱼科		
叉尾斗鱼	*Macropodus opercularis*	16~26℃
美鲇科		
铜兵鲇	*Corydoras aeneus*	18~26℃
脂鲤科		
盲目鱼	*Astyanax mexicanus*	18~25℃
丽鱼科		
齐齿丽鱼	*Aequidens pulcher*	18~25℃
鳅科		
欧洲泥鳅	*Misgurnus fossilis*	可低至10℃
鲤科		
玫瑰鲫	*Barbus conchonius*	14℃
虎皮鲃	*Barbus tetrazona*	20~28℃
斑马鱼	*Brachydanio rerio*	18~25℃
胖头鲹	*Pimephales promelas*	10~25℃
唐鱼	*Tanichthys albonubes*	15~25℃
鳉科		
美洲旗鱼	*Jordanella floridae*	19~25℃
甲鲇科		
吸口鲇	*Hypostomus*,*Glyptoperichthys*,*Liposarchus*	20~25℃
青鳉科		
青鳉	*Oryzias latipes*	15~28℃

卵胎生种类

胎鳉科

食蚊鱼
Gambusia affinis, G.holbrooki

这种小型的、外形像孔雀鱼的鱼是世界上分布最广的卵胎生种类,已经被引种至许多热带及亚热带国家,以控制疟蚊的肆虐。食蚊鱼有两种雄鱼,一种是深棕色(更为常见)的野生型,另一种是杂色的或全黑(美拉尼西亚种)的类型。

食蚊鱼

这个种类的鱼对初级养殖者来说是相当理想的,它们很健壮,特别容易饲养。

种的细节

大小:雄鱼体长 3cm 左右,雌鱼约 6.5cm。

原产地:*G.affinis* 最早在美国得克萨斯州发现,*G.holbrooki* 在美国东部地区发现。现在,这两种在其他地方也广为分布。

饲养难易程度:易于饲养。

繁殖:每 5~8 周产约 50 只鱼苗。亲鱼会互相残杀。

叉尾斗鱼

水族箱的管理

水:能耐受各种水质条件。

水温:10~20℃。

饵料:能摄食各种饵料。

特殊需求:因为它们有具攻击性的鳍钳,所以当它们和其他种类在水族箱中混养时要稍加注意。

卵生种类

斗鱼科

叉尾斗鱼
Macropodus opercularis

这是最早被冠以"热带鱼"名称的一个种类,并于 1869 年引种到欧洲,这类鱼很健壮且非常漂亮。对初学养鱼的人来说,这是一个理想的种类。然而,它具有攻击性,尤其是在繁殖季节,

其攻击性更强。

种的细节

大小:体长可达 10cm,但体型通常要小些。

原产地:中国东部、朝鲜和越南。

饲养难易程度:易于饲养。

繁殖:雄鱼吐泡筑巢,将卵存放在巢中,并精心守护。

水族箱的管理

水:能耐受各种水质条件。

水温:16~26℃,在短时间内能耐受更低一些的温度。

饵料:能摄食大多数的商品饵料。

脂鲤科

盲目鱼(墨西哥丽脂鲤)
Astyanax mexicanus

这一种类最显著的特点是它几乎没有眼睛。眼睛在

盲目鱼

刚出生时很小，后来随着鱼的长大逐渐被组织填满。尽管这会造成一些障碍，但除视觉外，盲目鱼拥有非常灵敏的感觉器官。它能够在水族箱中与其他的种类很好地相处。

种的细节

大小：体长可达9cm。

原产地：墨西哥、美国的得克萨斯州及中美洲(至巴拿马)地区。

饲养难易程度：易于饲养。

繁殖：散布产卵。

水族箱的管理

水：对水质条件要求不严。

水温：18~25℃。

饵料：可摄食各种商品饵料。

丽鱼科

齐齿丽鱼
Aequidens pulcher

　　齐齿丽鱼在其幼鱼时期能与其他的种类共存，但一旦它们长大，就会变得富有攻击性。

种的细节

大小：体长可达18cm。

原产地：哥伦比亚、巴拿马、委内瑞拉。

饲养难易程度：易于饲养。

繁殖：是典型的沉底卵形式。雌雄亲鱼共同守护卵及鱼苗。

齐齿丽鱼

水族箱的管理

水：可耐受各种水质条件。

水温：18~25℃。

饵料：可摄食各种商品饵料。

鳅科

欧洲泥鳅(气象鳅)
Misgurnus fossilis

　　这种鱼也被称为气象鱼，在低气压时行为变得格外活跃，因而得名。它还能利用肠作为辅助性的呼吸器官，这使之可以耐受恶劣的水质条件。

种的细节

大小：在水族箱里可养至15cm长，在野外，体型则更大。

原产地：除不列颠群岛及斯堪的那维亚以外的大部分欧洲地区。

饲养难易程度：易于饲养。

繁殖：未见文献报道其在水族箱中产卵的情况。

水族箱的管理

水：能耐受各种水质条件。

水温：可低至10℃，高至24℃左右。

饵料：可摄食所有的商品饵料。

欧洲泥鳅(气象鳅)

鲤科

玫瑰鲫
Barbus conchonius

这一类活泼的群居鱼现已被培育出许多种色彩艳丽的和具有高耸背鳍的品种。雄鱼体色比雌鱼的体色更为鲜艳，尤其是在繁殖期间。

种的细节

大小：体长约 10cm。

长鳍玫瑰无须鲃

原产地：印度北部。

饲养难易程度：易于饲养。

繁殖：这是一种典型的散布产卵的鱼类。

水族箱的管理

水：对水质要求不严，但要避免直接采用刚从水龙头中流出的水。

水温：可在较短的冬季中忍受 14~15℃的水温，其他季节的适温为 22~24℃。

饵料：可摄食所有的商品饵料。

胖头鲹

胖头鲹
Pimephales promelas

这是一个相对较新的水族箱饲养种类。胖头鲹是一种温水性的鱼类，但由于它的适温范围广，所以它的饲养很快就在热带鱼养殖中流行起来。在它的原产地美国，它被作为"活饵"。

种的细节

大小：体长约 10cm。

原产地：北美的大部分地区，包括墨西哥北部。

饲养难易程度：中等。

繁殖：产卵于水草叶子的下表面，卵由雄鱼守护。

水族箱的管理

水：对水质条件要求不严。

水温：10~25℃。

饵料：可摄食各种商品饵料。

唐鱼（白云山鱼）
Tanichthys albonubes

这种美丽的小型鱼多年来一直受到养殖者的喜爱。它健壮、娴静且色彩鲜艳，尽管在它的学名上还有一些争议，但这并不影响其受欢迎的程度。一种长鳍的、稍娇弱一点的品种也偶尔有人饲养。

种的细节

大小：体长约 4.5cm。

原产地：背鳍和臀鳍边缘为白色的品种来自于中国广东；水族箱养殖的大多是有红色边缘的品种，它产自中国香港。

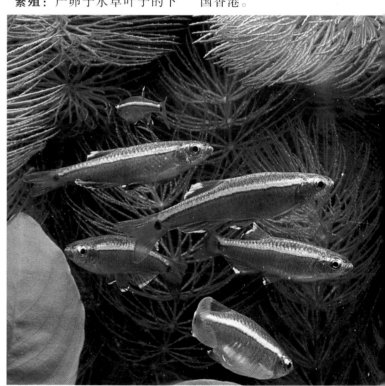

唐鱼（白云山鱼）

饲养难易程度：易于饲养。

繁殖：是一种散布产卵的种类，一般不会吞食自己产的卵。

水族箱的管理

水：对水质条件要求不严。

水温：对温度适应性强，能很好地生活于15~25℃的水中。

饵料：可摄食所有的小颗粒的商品饵料。

鳉科

美洲旗鱼
Jordanella floridae

这种捕食性鱼的显著特征是它有两种不同的繁殖方式。尽管它是一种耐受性强且易养的种类，但其雄鱼具有攻击性，尤其爱攻击其他的雄鱼。

种的细节

大小：体长约6.5cm。

原产地：美国的佛罗里达。

饲养难易程度：中等。

繁殖：卵产在水草间或小坑内并由雄鱼守护。

水族箱的管理

水：对水质要求不严，但通常更喜欢注满新鲜水的水族箱。

水温：19~25℃。

饵料：可摄食各种饵料，但也应给其提供植物性的饵料。

美洲旗鱼

青鳉科

青鳉
Oryzias latipes

像食蚊鱼一样，青鳉在野生情况下可吃掉大量的蚊子幼虫，这也是一种高效的生物控制疟疾传播的方法。

种的细节

大小：体长约4cm。

原产地：日本。

饲养难易程度：中等。

繁殖：雌鱼在交配后先将受精卵粘于泄殖孔上，随后将之贮放在水草之间。

水族箱的管理

水：喜欢中性水（pH值为7左右），但可耐受一定的水质条件变化。

水温：15~28℃。

饵料：可摄食大多数的商品饵料。

金色青鳉

半咸水种类

正如冷水和热带水温之间有一个逐渐过渡的阶段一样，在淡水和海水之间也有一个过渡带，这里所提的过渡带是指半咸水组成的水体环境。一些物种能耐受冷水和热带的水温，同样，也有许多种类能够生活在或者说是能耐受半咸水的环境。

以下列出能生活于此环境的鱼类的一部分。其中一些已在热带鱼和"冷水性"热带鱼部分提到过，在下面几页中将为养殖新手列出适合于饲养的另外一些种类。

	名称	拉丁学名
卵胎生种类		
四眼鱼科	四眼鱼	*Anableps spp.*
谷鳉科	蝶鳉	*Ameca splendens*
鱵科	皮颌鱵（半喙鱼）	*Dermogenys spp.*
胎鳉科	舒鳉	*Belonesox belizanus*
	食蚊鱼 *	*Gambusia affinis, G.holbrooki*
	宽帆鳉	*Poecilia latipinna, P.velifera*
	孔雀鱼	*Poecilia reticulata*
	短鳍玛丽	*Poecilia sphenops*
卵生种类		
银汉鱼科	沼银汉鱼	*Telmatherina ladigesi*
婢鲈科	玻璃鱼	*Chanda spp.*
丽鱼科	橘子鱼	*Etroplus maculatus*
	绿色橘子鱼 *	*Etroplus suratensis*
	莫桑比克口孵鱼 *	*Oreochromis mossambicus*
	红肚凤凰	*Pelvicachromis pulcher*
鳉科	美洲旗鱼	*Jordanella floridae*
塘鳢科 *	睡塘鳢	*Dormitator spp.*
鰕虎鱼科	短鰕虎鱼	*Brachygobius spp.*
	弹涂鱼	*Periophthalmus spp.*
	爵士点鰕虎鱼	*Stigmatogobius sadanandio*
	孔雀丝鰕虎鱼或白杨鱼	*Tateurndina spp.*
松鲷科 *	虎鱼	*Datnioides spp.*
甲鲇科	吸口鲇（仅有一些种类可生活于半咸水范围内的最淡一端）	*Hypostomus, Glyptoperichthys, Liposarchus*
虹银汉鱼科	红色新几内亚彩虹鱼	*Glossolepis incisus*
	澳大利亚彩虹鱼	*Melanotaenia spp.*
大眼鲳科 **	银大眼鲳	*Monodactylus argenteus*
	蝙蝠鲳	*Monodactylus sebae*
金钱鱼科 **	金钱鱼	*Scatophagus argus*
鲀科 *	鲀	*Tetraodon spp.*
射水鱼科	射水鱼	*Toxotes spp.*

* 这些种类因其大小、攻击性和捕食的本能而不能作为群落性鱼类来养殖。

** 这些种类更喜欢接近海水的水质条件，而不是淡水的条件。

注意：纯水不可能存在于自然界中，其比重为1.000。对于海水，比重随地区的不同在1.020左右变动。而对于半咸水来说，不可能给它一个精确值，我们只是把比重在1.005和1.015之间的水体称为半咸水。上述大多数种类能生活于比重平均值为1.008的半咸水水体环境中。如果你想将鱼从淡水中移至半咸水中，一定要通过一到两周的时间缓慢地提高水的盐度来逐渐完成这个转变过程。

马来西亚半喙鱼

卵胎生种类

谷鳉科

蝶鳉
Ameca splendens

蝶鳉体态迷人，几乎在20世纪70年代即被欧洲的养殖者所关注。蝶鳉虽然并非各地都有，但仍然分布广泛，而且其耐受性强，所以是养殖者的一个很好的选择。

种的细节

原产地：墨西哥。

大小：雄鱼体长可达8cm，雌

蝶鳉

鱼可达12cm，但大多数个体比此小。

饲养难易程度：中等。

繁殖：雌鱼排卵后在胚胎的发育过程中给胚胎提供营养，每次产约40只左右。鱼苗在孵出时个体已经较大并且发育良好。

水族箱的管理

水：喜欢碱性、硬度适中的淡水。如果想在半咸水水族箱中饲养，应使用盐度较低的半咸水。

水温：20~29℃。

饵料：能摄食各种商品饵料，但饵料必须包含植物性成分。

鱵科

角斗鱼（马来西亚半喙鱼）
Dermogenys pusillus

这是一类体型长，喜欢在水面游动的鱼，它的鳍在流线型身体的近尾端。名字中"角斗"是指雄鱼之间表现出来的攻击性，"半喙"指的是其不对称的上下颌，其下颌比上颌长得多。

种的细节

大小：雄鱼体长约6cm，雌鱼约8cm。

原产地：印度尼西亚、马来西亚、新加坡、泰国。

饲养难易程度：中等偏难。

繁殖：每4~8周产约40只鱼苗，鱼苗体型较大。

水族箱的管理

水：可生活于淡水或半咸水中。可在每4.5l的淡水中加入约1茶匙的盐配制半咸水。

水温：20~30℃。

饵料：可摄食漂浮的饵料，沉底的饵料极有可能被忽视掉。

卵生种类

银汉鱼科

沼银汉鱼
Telmatherina ladigesi

这种外表纤弱的鱼最好成群饲养在水草丰盛的水族箱中，并且鱼的游动空间宜尽量开阔。该鱼性情温和，所以不应将它和凶猛的长有鳍钳的种类（如鲃类）养在一起。

大小：体长约7.5cm。

原产地：印度尼西亚的苏拉威西岛、卡里曼丹。

饲养难易程度：中等。

繁殖：卵散布于植物的细叶之间，并在一周内孵化。

水族箱的管理

水：喜欢加一点盐（每9l加1茶匙盐）的硬水。

水温：20~26℃。

饵料：能摄食大多数的饵料。

沼银汉鱼

婢鲈科

印度玻璃鱼
Chanda ranga

这是一种纤弱而漂亮的鱼。阔嘴鱼属（*Chanda*）的其他种类也有人饲养，它们的饲养条件基本是一样的。在20世纪80年代，所谓的油

印度玻璃鱼

彩玻璃鱼或迪斯科玻璃鱼及其他类似种类饲养数量巨大。这些鱼的体色并非用颜料描绘而成，而是鱼体内被注射了一种发光的颜料，这种颜料可在几个月内褪色。虽然现在仍可以找到这种鱼，但由于这种方法遭到越来越多的养殖者及水产部门的反对，所以它的受欢迎程度已逐渐下降，也许在不久以后，这种鱼将会变得不为人所知了。

种的细节
大小：体长约6cm。
原产地：缅甸、印度、泰国。
饲养难易程度：中等。
繁殖：在水族箱中难以实现。卵散布于水草之间并在24小时内孵化。

水族箱的管理
水：喜欢硬碱性的水，应在每4.5l的水中加入至少3茶匙的盐。
水温：18~25℃。
饵料：可摄食一些商品饵料，尤其是冰冻饵料，对活的饵料则更喜欢。

丽鱼科

橘子鱼
Etroplus maculatus

有三种颜色：野生体色、金色的和罕见的蓝色。它性情温和，能生活于淡水中，但相对来说更喜欢半咸水的环境。个体更大的斑点橘子鱼（*E.suratensis*）能长到30cm长，饲养难度更大。

种的细节
大小：体长可达10cm，但多数个体要小些。
原产地：印度和斯里兰卡。
饲养难易程度：中等。
繁殖：卵产于平整的台面上，卵和鱼苗均由双亲共同守护。

水族箱的管理
水：淡水，但更喜欢生活在每4.5l水中含有1~2茶匙盐的半咸水中。
水温：21~26℃。
饵料：可摄食各种商品饵料，

橘子鱼

但其中应含有植物性成分。

莫桑比克口孵鱼
Oreochromis mossambicus

在所有丽鱼科鱼中，这是适应性最强的种类之一。它可耐受从淡水到纯海水的各种环境，并且其繁殖力极强。它是一种重要的食用鱼，有野生体色、金色、红色、杂色的品种。该鱼体格强健，养殖容易，但养殖时应有很好的过滤系统。这种鱼由于具

莫桑比克口孵鱼

有较强的攻击性，所以不适合在水族箱中混养。

种的细节
大小：雄鱼可长到38cm长，雌鱼体型要小些。在水族箱中，体型会长得小一些。
原产地：东非。
饲养难易程度：易于饲养。
繁殖：雄鱼会挖坑来吸引雌鱼。所产的卵数目可达300枚以上。这些卵在雌鱼的口中孵化。

水族箱的管理
水：能生活于从淡水到海水的任何水质环境中。
水温：20~24℃。
饵料：可摄食各种饵料。
特殊需求：过滤良好。

睡塘鳢

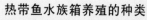

塘鳢科

睡塘鳢
Dormitator maculatus

除了这个种以外,还有好几个种的塘鳢被人养殖。所有的这些种类,它们对饲养条件的要求都是同样的。与其他半咸水种类不同的是,睡塘鳢不能适应于淡水条件。睡塘鳢体格强健,属肉食性,一般来说易于饲养。对于这种具占域性的种类,建议水族箱应用沙石铺底并构筑洞穴。

种的细节
大小:体长可达25cm,但多数个体要小一些。
原产地:南美热带地区的大西洋沿岸。
饲养难易程度:中等。

繁殖:雌鱼产卵于干净的岩石表面并加以保护。幼鱼在一天左右孵化出来。

水族箱的管理
水:可生活于半咸水或完全海水的环境。
水温:22~25℃。
饵料:喜欢动物性饵料。

鰕虎鱼科

金带短鰕虎鱼(蜜蜂鱼)
Brachygobius xanthozona

短鰕虎鱼属的一些种类之间严格区分较难,这些种类的饲养条件是相同的。蜜蜂鱼体型较小,且生性胆小,但仍深受养殖者喜爱。

种的细节
大小:体长约4.5cm。
原产地:东南亚。
饲养难易程度:中等。
繁殖:产卵于洞穴中且由雄鱼守护。

水族箱的管理
水:每4.5~9l的水中含有1~2茶匙盐的半咸水。
水温:25~30℃。

蜜蜂鱼

饵料:可摄食各种动物性饵料,尤其是活饵。
特殊需求:要求有岩石洞穴等隐蔽所。

爵士点鰕虎鱼
Stigmatogobius sadanandio

这种漂亮的斑点鰕虎鱼虽然具有占域性(像大多数的鰕虎鱼一样),但总的来说它的性情是相当温和的,除了极个别的种类可能会与其他种类争夺空间外,它一般能与其他种类混养。

种的细节
大小:体长约8.5cm。
原产地:东南亚。
饲养难易程度:中等。
繁殖:卵产于洞穴中,并由双亲共同守护。

水族箱的管理
水:虽然它可在淡水中生活,但应避免使用软酸性的水养。可在每4.5~9l的水中加入1~2茶匙的盐。
水温:20~26℃。建议白天温度稍高些,夜晚水温稍低些。
饵料:可摄食各种活饵及动物性饵料。

爵士点鰕虎鱼

67

虹银汉鱼科

红色新几内亚彩虹鱼
Glossolepis incisus

这种鱼会给人留下很深的印象。雄鱼在其略为突出的头部后面有一块明显的隆起，体色呈浅红色。雌鱼个体比雄鱼小，且没有雄鱼的上述特征。

种的细节

大小： 雄鱼体长可达 15cm，雌鱼体型则相对小一些。

原产地： 新几内亚北部。

饲养难易程度： 中等。

繁殖： 将卵散布于水草之间，尤其是细叶的底栖类型的水草，鱼苗在一周左右的时间内孵化出来。

水族箱的管理

水： 加一点盐的硬水，在每 9l 的水中加入 1 茶匙的盐。

水温： 22~26℃。

饵料： 可摄食各种商品饵料。

新几内亚彩虹鱼

澳大利亚彩虹鱼

澳大利亚彩虹鱼
Melanotaenia maccullochi

同一个属的还有许多品种，澳大利亚彩虹鱼是属的一个代表性品种。下列的饲养指导也适用于属的其他品种的饲养，但在购买其他彩虹鱼时还是应该了解其具体的饲养细节。

种的细节

大小： 体长约 7cm。

原产地： 澳大利亚北部。

饲养难易程度： 中等。

繁殖： 卵散布于水草的细叶之间，在 25℃时孵化约需 7~10 天。

水族箱的管理

水： 不严格，但喜欢生活在每 4.5~9l 加入 1 茶匙盐的硬水中。

水温： 20~25℃。

饵料： 可摄食大多数的商品饵料。

大眼鲷科

银大眼鲷
Monodactylus argenteus

这是一种优雅、温和且活泼的热带鱼，通常买到的是适于淡水水族箱养殖的小个体。然而，随着它们的生长，它们对水的含盐量的要求也不断提高，成鱼只有在真正的海水条件下才能长期保持健康。无论幼鱼还是成鱼，银大眼鲷都应成群养殖。

银大眼鲷

种的细节

大小：水族箱饲养的鱼可长到 10cm，野生种可长得更大一些。

原产地：从红海到澳大利亚沿岸的水体中。

饲养难易程度：中等。

繁殖：未有水族箱产卵的记载。

水族箱的管理

水：在鱼的成熟过程中应不断增高水的盐度。当它们完全长成时，应给它们提供完全的海水环境。

水温：24~28℃。

饵料：可摄食各种饵料，但要有一些天然植物饵料。

蝙蝠鲳

蝙蝠鲳
Monodactylus sebae

这种鱼与它的近亲银大眼鲳相比长度更短（从头到尾），但高度更高，体色也更黑一些。与银大眼鲳一样，它也是群居性的。

种的细节

原产地：西非。

大小：野生种体长约 20cm，在水族箱中体型要小一些。

繁殖：在水族箱中非常罕见。

水族箱的管理

水：在鱼的成熟过程中应提供盐度不断增高的水，当鱼完全长成时，应提供完全的海水环境。

水温：24~28℃。

饵料：可摄食各种饵料，但应有一些天然的植物饵料。

金钱鱼

金钱鱼科

金钱鱼
Scatophagus argus

有好几种金钱鱼有人饲养过。这些种类当中，只有东非的金钱鱼能在淡水中产卵。其他的可能是普通金钱鱼的变异品种。

种的细节

大小：体长可达 30cm，在水族箱中体型通常要小很多。

原产地：印度洋和太平洋沿岸的水体中。

饲养难易程度：中等。

繁殖：未见在水族箱中产卵的报道。

水族箱的管理

水：只要避免亚硝酸盐水平过高，这种鱼可耐受较宽的盐度条件。

水温：20~28℃。

饵料：可摄食各种饵料。

鲀科

河鲀(绿鲀)
Tetraodon fluviatilis

鲀属中常见的品种有许多。一些鲀如河鲀(绿鲀)喜欢生活在半咸水中，其他的则不然。这一点应在购买时了解清楚。只要提供合适的水质和食物，鲀类饲养并不难。鲀类有鳍钳，具有攻击性，所以不适合进行群落饲养。

种的细节

大小：体长可达 18cm，但通常体型更小些。

原产地：东南亚。

饲养难易程度：易于饲养。

繁殖：卵产于水底并由雄鱼负责守护。在水族箱中产卵相当罕见。

水族箱的管理

水：可生活于淡水中，但更喜欢半咸水环境。

水温：24~28℃。

饵料：活饵(如蜗牛)、动物性和植物性的饵料如专用的沉水颗粒状饵料。

特殊需求：建议给其提供一个水草丰盛并带有开阔空间的水族箱环境。

河鲀

海水种类

上一部分提到的一些种类，尤其是金钱鱼和银大眼鲳鱼，它们对盐度的需求是随着其个体的成熟而发生变化的。因此，它们是适应性生物，能够适应生活环境中化学成分的波动。另一方面，岩礁鱼类来自稳定的生态系统，其盐度一般不会改变（除了在两次潮汐间形成的小波动外）。因而，在它们的进化过程中，就没有发展出适应环境波动的相应生命特征来。结果它们对环境稳定的需求就比那些与之相似的半咸水和淡水种类要高得多，这对新的饲养者也是一个挑战。所以，初学养鱼者常被建议先养一些耐受性较强的相似种，在获得一些经验之后，再涉足海水种类。

此类的建议，初学者应加以考虑。但也并非说，初学养鱼就一定要从淡水种类开始。实际上，从海水种类开始也是完全可行的，但为了确保成功，之前的准备应当更加细致并且在种类的选择上应更谨慎。

下表中所列出的是能让你获得较高的成功几率的种类。这些种类的耐受性强并且能够适应水质的波动。但这并非说可以马虎对待，即使获得成功，也不能够就沾沾自喜。这应当被当作是学习养鱼规律的一个极好的过程。

一旦掌握了水族箱管理的基础知识，再要去饲养其他的种类就不会觉得太困难了。那些较难饲养的鱼类之所以未列在下表中，主要原因有：攻击性过强（如许多鳞鲀类）；不能耐受经常性的、显著的水质波动（如许多刺尾鱼）；个体太大（如许多神仙鱼）；需要很开阔的游动空间（如笛鲷）；会对粗心养殖者造成危险（如毒鲉类）。

对做好充分准备的初级饲养者，要想养好上述这些鱼并非完全不可能，但饲养它们确实限制了饲养经验的积累，这些饲养经验可以从广泛养殖一些不同品种的过程中得到更多。正是那些各种各样的品种为海水水族箱养殖提供了最丰富的养殖经验和科学知识。

以下列出了最适合初级养殖者饲养的海水种类。所有的这些种类都是耐受性强且能耐受水环境的一些波动的种类。海水种类要比淡水种类难养，但这并非意味着它们不能被初级养殖者饲养。表中所列的每一个科至少会有一个种在下一部分中会加以详细介绍。

名称	拉丁学名	评价
鳚科		
异齿鳚	*Ecsenius midas*	强健而讨人喜欢的种类
䲟科		
长鼻鹰鱼	*Oxycirrhites typus*	性情温和、强健的种类
猩红鹰鱼	*Neocirrhites armatus*	底栖合群的种类
鰕虎鱼科		
柠檬叶鰕虎鱼	*Gobiodon citrinus*	温和的底栖类
黄体叶鰕虎鱼	*Gobiodon okinawae*	除了对同种外，其性情相当温和
霓虹叶鰕虎鱼	*Gobiosoma oceanops*	温和且漂亮
隆头鱼科		
矮鹦鲷	*Cirrhilabrus rubriventralis*	小型的温和的群居性鱼类
香蕉海猪鱼	*Halichoeres chrysus* 和 *Halichoeres trispilus*	温和的群居性鱼类

名称	拉丁学名	评价
裂唇鱼	*Labroides dimidiatus**	具有爱"清扫"的习性
后颌鳚科		
黄头后颌鳚	*Opistognathus aurifrons*	温和的穴居种类
刺盖鱼科		
小天使鱼	*Centropyge argi*	一般情况下性情温和
雀鲷科		
士官鱼	*Abudefduf saxatilis*	幼时极为活跃
条纹小丑或海葵鱼	*Amphiprion clarkii*	温和的变色鱼
公主小丑或海葵鱼	*Amphiprion ocellaris*	众所周知的一个海水养殖种类
蓝光鳃鱼	*Chromis caerulea*	耐受性好的群居种类
蓝色豆娘鱼	*Chrysiptera cyanea*	有占域性,属群居种类
黄尾豆娘鱼	*Chrysiptera xanthurus***	强健但有占域性的种类
宅泥鱼	*Dascyllus aruanus*	健壮,但有占域性
三斑宅泥鱼	*Dascyllus trimaculatus*	特征斑随年龄的增长而消褪
鮨科		
长棘花鮨	*Anthias squamipinnis*	温和的、色彩丰富的群居种类
鲀科		
横带扁背鲀(情人鲀)	*Canthigaster valentini*	除了对同种外,其性情温和,但可能攻击具有长且飘垂的鳍的鱼类
无脊椎动物		
海葵	*Anthopsis,Condylactis, Heteractis,Stoichactis*	许多种类都很强健,且是小丑鱼的非常好的宿主
扇虫/管虫	*Sabellastarte spp.*	养无脊椎动物的很好的入门种类
虾	*Lysmata,Rhynchocinetes,Stenopus*	色彩丰富,且相对容易养殖
海胆	*Pseudocolochirus axiologus*	只要食物充足则相对容易养殖
海星	*Fromia,Linckia,Pentaceraster, Protoreaster*	容易养殖,但水质应减小波动

* 裂唇鱼,必须给它提供合适的饵料。否则,它将很快饿死。
** 蓝色豆娘鱼有许多品种,且所有的种类都很强健,并且基本上都有占域性。

71

鳚科

异齿鳚
Ecsenius midas

鳚鱼一般体型修长，个性活泼，耐受性一般。一些种类在建立了自己喜欢的洞穴领地之后就变得相当有攻击性。异齿鳚是鳚鱼中最温和的种类之一，它对于多个种

异齿鳚

类混养的水族箱来说是个不错的选择。

种的细节
大小：体长可达10cm。
原产地：印度洋和红海。
饲养难易程度：易于饲养。
繁殖：卵产于洞穴中，并得到保护。

水族箱的管理
水：比重在1.021~1.024之间。
水温：24~26℃。
饵料：该鱼可摄食各种类型的饵料。
特殊需求：所有的鳚鱼均应提供大量的洞穴。

鹰科

长鼻鹰鱼
Oxycirrhites typus

鹰科的鱼不善游泳，它会长时间地守候，当小的被捕食动物游过时，它会很快冲

长鼻鹰鱼

出并一口将其吞下。它通常都放过那些太大的难以下咽的食物。这一科中已有多个种类被人饲养，包括引人注意的猩红鹰鱼。鹰科所有的种类都很强健，它们可以和大多数的其他鱼类及它们无法下咽的无脊椎动物混养。

种的细节
大小：体长约10cm。
原产地：印度洋。
饲养难易程度：中等。
繁殖：在水族箱中相当少见。

水族箱的管理
水：比重在1.021~1.024之间。
水温：24~26℃。
饵料：摄食以动物性饵料为主的食物。
特殊需求：提供预先放好的石块作为它的藏身处。

鰕虎鱼科

霓虹叶鰕虎鱼
Gobiosoma oceanops

这种能给人留下深刻印象的小鱼现在已能够进行大量繁殖。虽然它相当强健，但它只能活18~24个月，这并非饲养者有什么过失，而只是因为这个种的鱼寿命很短。

种的细节
大小：野生种类体长可达6cm，在水族箱中其体型通常要小得多。
原产地：西大西洋。
饲养难易程度：易于饲养。
繁殖：在水族箱中常可见到它产卵。卵产于洞穴中，7~10天内孵化出来。鱼苗可用轮虫来喂，随后可用卤虫来喂。

水族箱的管理
水：比重1.021~1.024。
水温：24~26℃。
饵料：可摄食很多种类的小粒的饵料，也摄食无脊椎动物。
特殊需求：由于其个体很小，它不能和肉食性的其他鱼类混养。

霓虹叶鰕虎鱼

其他的鰕虎鱼

现在能够买到的鰕虎鱼的种类已比20世纪80年代早期多多了，其中有好几种适合初级养殖者饲养，下列是最常见的一些种类。

名称	拉丁学名	大小
柠檬叶鰕虎鱼	*Gobiodon citrinus*	3cm
双色霓虹叶鰕虎鱼	*Gobiosoma evelynae*	5cm
蓝带鰕虎鱼	*Lythypnus dalli*	5cm
橙点鰕虎鱼	*Valenciennea puellaris*	15cm
蓝颊鰕虎鱼	*Valenciennea strigata*	18cm

裂唇鱼正在给一只蝴蝶鱼做清扫工作

隆头鱼科

裂唇鱼
Labroides dimidiatus

尽管裂唇鱼常被推荐给初级养殖者，但它有很特别的采食习惯。在野外，它的家就是一个"清洁站"，在这儿，许多的鱼到这里来清除它们身上的寄生虫。在水族箱中，它也试图采用相似的生活方式，但无论是宿主和寄生虫都无法给它提供足够的食物。除非给它投喂其他合适的替代食品，否则即使在饲养量很大的水族箱中，它还是会饿死。

因此，裂唇鱼必须被当作"特殊对象"来对待，并采取措施来保证它们能一直得到充足的食物供给。

种的细节
大小：体长可达10cm。
原产地：印度洋-太平洋地区。
饲养难易程度：由于上面所提到的原因，饲养有一定难度。
繁殖：在大多数的水族箱中不可能进行繁殖。

水族箱的管理
水：比重1.021~1.024。

蓝颊鰕虎鱼

水温：24~26℃。
饵料：小的、动物性的冷冻饵料或活饵料。
特殊需求：除了以群落内其他栖居者所携带的寄生虫为食外，还应另外给它提供充足的替代性食物。

裂唇鱼

其他的隆头鱼类

隆头鱼品种很多,大多数都是以幼鱼形式出售的。其中,只有少数的成年后仍保持足够小的体型适合初级养殖者用于群落水族箱饲养。例如:

- 双点隆头鱼(*Coris angulata*)会长成体长达120cm的拿破仑鱼。
- 小丑长牙鱼(*Lienardiella fasciata*)在野外可长到60cm长。
- 尖嘴鱼(*Gomphosus caeruleus*)可长到25cm长。

下面列出一些不会长到太大的种类:

名称	拉丁学名	大小
矮鹦鲷	*Cirrhilabrus rubriventralis*	7.5cm
非洲小丑	*Coris formosa*	野外:30cm,水族箱:20cm
露珠盔鱼(小丑鱼)	*Coris gaimardi*	野外:30cm,水族箱:15cm
香蕉海猪鱼	*Halichoeres chrysus* 和 *H.trispilus*	10cm
花尾连鳍鱼	*Novaculichthys taeniorus*	野外:20cm,水族箱:7.5cm

黄头后颌䲢

小天使鱼

后颌䲢科

黄头后颌䲢
Opistognathus aurifrons

是一种穴居的种类,要给它提供相当深的细沙或沙砾的底质。它在大部分时间里都处在半进半出它的洞穴的状态,或是仅仅在洞穴上徘徊。如果水族箱足够大,可以同时饲养几条。

黄头后颌䲢能与无脊椎动物及其他鱼和睦共处。

种的细节

大小:野生条件下体长可达12.5cm,在水族箱中体型通常更小些。

原产地:西大西洋热带地区。

饲养难易程度:中等。

繁殖:后颌䲢在水族箱中相对容易产卵。雄性在口中孵育它们的卵。

水族箱的管理

水:比重1.021~1.024。

水温:24~26℃。

饵料:喜欢吃动物性的食物。

刺盖鱼科

小天使鱼
Centropyge argi

也叫做侏儒天使鱼或紫火球天使鱼,这是一种性情温和,能在水族箱中产卵的鱼。尽管雌雄鱼外表难以区分,但是如果两条鱼表现出相互吸引的话,那么就可以肯定它们是一对。

种的细节

大小:体长约7.5cm。

原产地:西大西洋热带地区。

饲养难易程度:中等。

繁殖:配对的鱼经常产卵,并将卵释放到水中。但在大多数的水族箱中不太可能有成活的卵或鱼苗。

水族箱的管理

水:比重 1.021~1.024。

水温:24~26℃。

饵料:饵料中应含有动物性和植物性的成分。

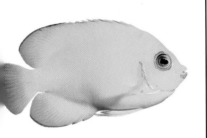

黄刺尻鱼

其他的侏儒天使鱼

小天使鱼及其近亲常被称为侏儒天使鱼,这样就可将它们与不适合初学者饲养的、更大型的种类,如刺鲽鱼属和刺盖鱼属的种类区分开来。所有的侏儒天使鱼在野外都可长到7.5~15cm长,但在水族箱中饲养时体型通常会更小。它们对日常水族箱管理的需求相同,饲养时都强调有良好的水质条件。下列选列了一些可以得到的种类,在你掌握了水质管理的基本技能之后可以考虑饲养它们。

名称	拉丁学名	评价
火球天使鱼	*Centropyge acanthops*	性情温和的草食类
双色天使鱼	*Centropyge bicolor*	温和,可群养
珊瑚美人	*Centropyge bispinosus*	在给予充足的隐蔽所
（双棘刺尻鱼）		时它的表现最出色
艾伯天使鱼	*Centropyge eibli*	色彩动人
柠檬皮天使鱼	*Centropyge flavissimus*	主要食草
赫拉德天使鱼	*Centropyge heraldi*	主要食草
火焰天使鱼	*Centropyge loriculus*	体态迷人
辉煌天使鱼	*Centropyge resplendens*	最容易养的天使鱼之一
棕刺尻鱼	*Centropyge vroliki*	适应性强,易于喂养
（珍珠鳞天使鱼）		

士官鱼

雀鲷科

士官鱼

Abudefduf Saxatilis

这种带有漂亮标记的群居性种类在其幼鱼阶段适合于初级养殖者饲养。成鱼会变得具有攻击性并且需要较大的空间,因此,大的水族箱要比小的水族箱更适合养该鱼。

火焰天使

种的细节

大小:在野生情况下体长约15cm,在水族箱中体型要小些。

原产地:广泛分布在印度洋-太平洋地区和大西洋的热带地区。

繁殖:产卵于底质,卵由亲鱼守护。

饲养难易程度:中等。

水族箱的管理

水:无特殊要求。

水温:24~26℃。

饵料:可摄食大多数的商品饵料。

公主小丑
Amphiprion ocellaris

公主小丑也许是最广为人知的海水水族箱饲养的鱼类。尽管如此,它的确切学名还有些混乱。这种小丑鱼也是爱好者们最容易遇见的一种小丑鱼。

公主小丑

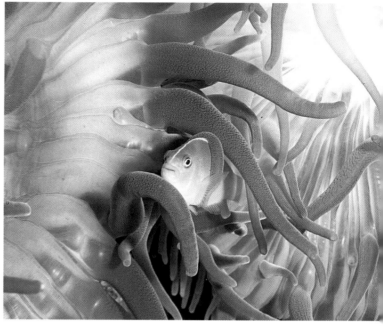
背纹双锯鱼

种的细节

大小:在野外体长约8cm,在水族箱中体型要小一些。

原产地:东印度洋和西太平洋。

饲养难易程度:易于饲养。

繁殖:卵产于海葵的底部,并由双亲来守护。

水族箱的管理

水:没有特殊要求。

水温:可高达26℃。

饵料:可摄食大多数的商品饵料。

特殊需求:应和海葵一起养殖。

其他的小丑鱼

以下所列的都是那些来源广泛的小丑鱼。这些种类所需要的日常管理大致相同。

名称	拉丁学名	大小
背纹双锯鱼	*Amphiprion akallopisos*	野生:8.5cm,水族箱:5cm
二带双锯鱼 (两带小丑或红海小丑)	*Amphiprion bicintus*	野生:10cm,水族箱:7.5cm
条纹小丑	*Amphiprion clarkii*	野生:12cm,水族箱:5cm
烈火小丑、红色鞍背小丑或番茄小丑	*Amphiprion ephippium*	野生:12cm,水族箱:7.5cm
白条双锯鱼	*Amphiprion frenatus*	野生:7.5cm,水族箱中要小些
黑足小丑	*Amphiprion nigripes*	野生:10cm,水族箱:5cm
颈环双锯鱼	*Amphiprion perideraion*	野生:8cm,水族箱:4cm
黑双锯鱼	*Amphiprion polymnus*	野生:12cm,水族箱:10cm
栗色小丑	*Premnas biaculeatus*	野生:15cm,水族箱:10cm

蓝光鳃鱼
Chromis caerulea

属于雀鲷科，是一种美丽的群居性种类。蓝光鳃鱼的性情通常比其他的雀鲷鱼更温和些。

种的细节
大小：在野外体长约10cm，在水族箱中体型通常更小些。

原产地：广泛分布于印度洋至太平洋地区，在红海也有分布。

饲养难易程度：中等。

繁殖：在水族箱中不可能繁殖。

水族箱的管理
水：无特殊要求。

水温：可达26℃。

饵料：喜欢动物性饵料。

特殊需求：这是一类群居性的、性情温和的鱼类，应当成群饲养。

蓝色豆娘鱼

蓝色豆娘鱼
Chrysiptera cyanea

这是几种可获得的蓝色和蓝黄色相间的雀鲷鱼中的一种。是一种耐受性强、有占域性的鱼，在面对它的同类时会变得富有攻击性。尽管在野外曾发现其巨大的群体，蓝色豆娘鱼在水族箱中通常以单只或一小群饲养，后一种情形常会导致该群体的弱小成员处于困难的环境之中。因为耐受性强，雀鲷常被认为是引种到一个新水族箱中以加速其成熟的一种理想鱼类。这种方法不应受到鼓励，不只是因为这种方法使鱼容易受到刺激，而且也因为一只已定居于水族箱中的雀鲷将使随后的引种工作变得十分困难，即使所引入的鱼个体较大。

种的细节
大小：体长约6cm。

原产地：西太平洋和东印度洋。

饲养难易程度：中等。

繁殖：产卵于水底并由双亲守护。在大多数的水族箱中不能产卵。

水族箱的管理
水：无特殊要求。

水温：可高达26℃。

饵料：可摄食大多数的商品饵料。

特殊需求：可与无脊椎动物相处，但与同类难以相处。

蓝光鳃鱼

三斑宅泥鱼
Dascyllus trimaculatus

这种一眼就能认出的鱼是几种各具特色的宅泥鱼属中的鱼类之一。三斑宅泥鱼的管理跟其他的雀鲷相同。三斑宅泥鱼身上的三个白色斑点将随着鱼的成长而逐渐消失。

三斑宅泥鱼和海葵

种的细节

大小：在野外体长约 13cm，在水族箱中体型要小些。

原产地：印度洋-太平洋地区。

饲养难易程度：中等。

繁殖：在水底产卵，卵由双亲守护。但在大多数的水族箱中不能产卵。

水族箱的管理

水：无特殊需求。

水温：可达 26℃。

饵料：可摄食大多数的商品饵料。

特殊需求：像其他的雀鲷鱼一样，它是一种具有占域性的、可与无脊椎动物共生的

花鮨

鱼类，既可单养亦可群养。

鮨科

长棘花鮨
Anthias squamipinnis

这种体态优雅的种类也叫做残片鱼、琴尾珊瑚鱼、金色珠宝鱼或海洋金鱼。属于同一科的花鮨有巨大的种群，是一种娇弱的群居种类，它不能单个饲养。花鮨是一种能和无脊椎动物很好混养的鱼。

雄鱼体型比雌鱼更大，且颜色更为鲜艳。

种的细节

大小：野生雄鱼体长约 12.5cm，雌鱼要小一些。在水族箱中，雌雄鱼通常都更小。

原产地：印度洋-太平洋地区。

饲养难易程度：中等。

繁殖：未见在水族箱中产卵

的文献报道。

水族箱的管理

水：无特殊要求。

水温：可达 26℃。

饵料：喜欢活饵料，也可摄食其他食物，尤其是动物性饵料。

特殊需求：不能单个饲养。

鲀科

横带扁背鲀(情人鲀)
Canthigaster valentini

横带扁背鲀是所谓的尖鼻鲀中的一种，是区别于更大的、更健壮的和更有攻击性的叉鼻鲀属的种类。横带扁背鲀一般情况下性情温和，但会攻击有长且飘垂的鳍的鱼类。

种的细节

大小：在野生情况下体长约 20cm，在水族箱中体型通常要小一半以上。

原产地：印度洋-太平洋地区。

饲养难易程度：易于饲养。

繁殖：没有在水族箱中繁殖的报道。

水族箱的管理

水：无特殊要求。

水温：可达 26℃。

饵料：喜食动物性饵料。

特殊需求：不能与无脊椎动物混养。

横带扁背鲀

无脊椎动物

海葵
Anthopsis,Condylactis, Heteractis,Stoichactis

　　海葵一般说来耐受性很强且容易养殖,大多数的种类对小丑鱼很有吸引力,它们将巢安在海葵的刺须之间。

种的细节

大小:15cm~100cm。

原产地:热带海洋。

饲养难易程度:中等。

水族箱的管理

水:需要流动的水,除此之外无特殊要求。

水温:24~26℃。

饵料:一周投喂1~2次的生鱼或虾的碎片。

可供选择的海葵种类

红玛鲁海葵
Anthopsis kaseirensis
大小:10~30cm。

加勒比海葵
Condylactis gigantea
大小:15cm。

玛鲁海葵

沙海葵
Heteractis（Radianthus）aurora
大小:15cm。

紫底海葵
H.（Radianthus）magnifica
大小:70cm。

玛鲁海葵
H.（Radianthus）malu
大小:10~40cm。

地毯海葵
Stoichactis gigas
大小:100cm。

扇虫/管虫
Sabellastrarte spp.

　　有多种类型,包括管居的、穴居的和岩居的种类。其中一些种类有着美丽多姿的触须,如在岩石和珊瑚上钻孔穴居的圣诞树蠕虫(*Spirobranchus giganteus*)。

种的细节

大小:管子会突出底质10cm长或更长一些。

原产地:远东地区。

繁殖:在水族箱中相当常见。卵和精液排放到水中。

紫底海葵

此时,触须常脱落掉并长出新的触须。

水族箱的管理

水:良好的水质对养殖很重要。

水温:24~26℃。

饵料:摄食体型小的浮游生物,如轮虫或刚孵化出来的卤虫幼体,也可摄食颗粒细小的商品饵料。

扇虫

虾

Lysmata,Rhynchocinetes, Stenopus

虾类及其近亲种类繁多,如龙虾和蟹类。一些种类,如大多数的蟹类和龙虾体型能长到很大或者具有相当大的破坏性,不适合在水族箱中养殖。初级养殖者最好选择养普通的体型较小的虾。

种的细节

大小:体长 3~8cm(不包括触须)。

原产地:热带海洋。

饲养难易程度:中等。

繁殖:虾的繁殖在水族箱中并不罕见,但幼虾通常难以饲养。

水族箱的管理

水:无特殊要求。

饵料:所有的种类均可摄食大多数的商品饵料。

特殊需求:应给它提供足够多的隐蔽场所,特别是在虾蜕壳时期,此时虾最容易受到伤害。

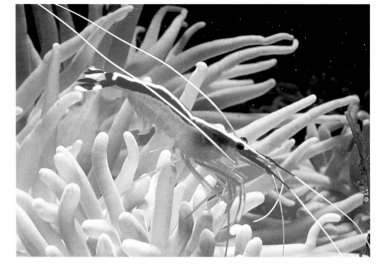

清扫虾

血虾

可供选择的虾类

清扫虾

Lysmata ambioensis

就像隆头鱼科中裂唇鱼一样,清扫虾能清除鱼身上的寄生虫。

血虾

L. debelius

色彩绚丽。

舞虾或糖虾

Rhynchocinetes uritai

眼睛突出,身体强健。

盒虾

Stenopus hispidus

长长的大螯十分醒目,常在水中挥舞。

海苹果

Pseudocolochirus spp.

尽管它有着苹果的名字,但它实际上是一种动物。就像海星一样同属于海胆纲。科学上把海苹果划归海参类。

种的细节

大小:15~20cm。

原产地:印度洋-太平洋地区,大多数品种来源于东南亚。

饲养难易程度:较容易。

繁殖:在水族箱中少见。

水族箱的管理

水:必须提供流动的水,以使食物可随水流被带到触须上。

饵料:可摄食小型的浮游生物或冷冻食物,轮虫和刚孵化的卤虫都是不错的选择,但应补充悬浮类的饵料。每天至少要喂食一次。

警告:海参类动物有很强的毒素,当它们受伤或死亡时会将之释放出来。饲养时要避免将它与有坚硬棘刺的种类混养。

海苹果

蓝海星

可供选择的海星种类

可供选择的海星种类

红海星
Fromia elegans
外表亮红。

橘色海星
Fromia monilis
具有漂亮的橘色斑点。

蓝海星
Linckia laevigata
是一种广受喜爱、有着很长被饲养历史的海星。

普通疣海星
Pentaceraster mammillatus
体表呈褐绿色的,长有许多的疣状突起。

红色疣海星
Protoreaster lincki
体表具有梦幻般的红白相间的颜色。

红色疣海星

海星
Fromia,Linckia,Pentaceraster, Protoreaster

海星有许多种类,其形状、颜色、大小不同,饲养的难易程度也有区别。对初涉热带鱼养殖的新手来说,最好考虑一些普通的海星。一些较难饲养的海星,如海百合(毛头星)、海蛇尾等最好不要饲养。

种的细节
大小:体长从约5cm到大于30cm的个体都有。
原产地:热带海洋。
饲养难易程度:中等。
繁殖:在水族箱中极为罕见。
水族箱的管理
水:水质应保持良好。
水温:24~26℃。
饵料:虾、鱼、乌贼或其他类型海产品的小碎块。应谨慎喂食,每天最多不能超过一次。

特殊需求:体表平滑的种类不如体表长满疣状突起的种类贪吃,后者将可能会吃掉水族箱中不能自由活动的无脊椎动物。饲养体表平滑的种类时也应格外小心。

适于中级养殖者的种类

前面给初级养殖者推荐的种类应该说已具有广泛的代表性,但它仍不够完全。既然全世界有数千种的水生动物被称为"水族箱养殖种类",大家当然期望能得到更为全面的知识。在前面内容中未曾提及的种类并不意味着它们不适合于初级养殖者,因此,在你看到你对之感兴趣的鱼或无脊椎动物时(但它们未列在前面的推荐表中),应向出售这些种类的商店的店员或有经验的饲养者咨询一下。

当然,还有大量的种类让初级养殖者来养是不太切合实际的,但是,一旦初级养殖者掌握了水族箱管理的基本知识之后,他们就能达到一个新的水平。这些适合于中级养殖者养殖的种类许多都是非常漂亮、生动有趣的种类,饲养好它们将会给你带来巨大的精神享受。但要饲养好它们就必须事先弄清它们需要什么,而且还要具备热带鱼饲养的基本知识和经验。

淡水种类

在前面介绍的种类中未曾提及但却被广泛饲养的是非洲裂谷湖泊的丽鱼、盘丽鱼、星丽鱼和其他的中南美洲的丽鱼和非洲及南美鲇鱼,此外还有各式各样的铅笔鱼、鳉鱼、刀鱼和大型魟类及刺鳅等。

非洲裂谷湖泊的丽鱼

非洲裂谷湖泊的丽鱼

它们的颜色、体型及大小常常区别很大。它们有很特别的水质需求——即要求有硬碱性的水。配置和保持这样的水质条件需要具备一定的专门知识和技术,虽然这并不难做到,但你在试图饲养和繁殖这些种类之前,所需的东西一定要事先准备齐全。如果你正好居住在具有硬碱性水的地区,那么你已算是成功了一半。

养殖这类鱼的第二个难点是:这种丽鱼通常应养在具有很多岩洞的水族箱内,并且应大量蓄养。推荐的蓄养量各不相同,但超过推荐的热带群落水族箱蓄养量的平均值50%的情况并不少见。与常规状况相反的,如此大的蓄养量却降低了这些种类之间的相互攻击。但大量蓄养的结果会造成水容易受到污染。

管理好这样的水族箱显然对饲养者提出了更高的要求。

盘丽鱼

这些水族箱中的南美"贵族"对水质的要求也非常特殊。它们需要软酸性水,除非你生活于天赐的具备这样条件的地方,否则它也构成了养好此类鱼的一个挑战。软水的特性决定了

正在产卵的盘丽鱼

黑带丽鱼

过了。然而,另外的一些种类却有很高的饲养要求。如其中一些需要硬碱性水(如各种非洲歧须鮠),另外一些是属于肉食类的(如口上位或前位的大白鱼),还有一些则生性害羞(如穴居的或在黎明、黄昏或夜间才出来活动的草食类)。

鲇鱼类和丽鱼类一起构成了养鱼爱好者可以得到的最大类群之一。所以,各个种类的需求千差万别也就不足为奇了。

它所溶解的盐较少,所以它明显缺乏缓冲能力。结果,任何的疏忽——如喂食过多——所造成的水质波动都会给这种鱼带来灾难。

星丽鱼及其他的丽鱼

这些鱼有各种各样的因素使得饲养新手养这些鱼有一定的难度,这些因素包括大小和占域性(如许多中南美洲的种类,包括黑带丽鱼、美洲虎丽鱼、星丽鱼和矛丽鱼)以及行为特征(如某些种类只在土中觅食,它们不断地在底质中掘土觅食)。

花鳍歧须鮠

鲇鱼

鲇鱼类中许多的种类很容易饲养,如大多数漂亮的兵鲇,这在前面已经提到

肉食性鲇鱼

铅笔鱼和鳉鱼

铅笔鱼是较容易获得的美丽的群居种类。只要水族箱中所混养的种类不会太凶(这些种类在群落种类中相当常见,例如虎鲃、斑马鱼等等),它并不难养。铅笔鱼有一个明显的喜好,即喜欢水草丰盛的含有软酸性水的水族箱。此外,它们的口很小,并有退让的习性(尤其是在面对竞争对手时)。

某些种类的铅笔鱼的的体色在白天和夜晚有着显著的差别，这使它们非常吸引人，因此，你可偿试在某个阶段去饲养它们，但最

双带铅笔鱼

两只雄性鳉鱼

好不要在刚刚开始学习养殖之时。

鳉类中的美洲旗鱼已在前面介绍过。许多其他种类的鳉鱼并不像某些鳉鱼那样为大家所熟知，但它们也会对新的饲养者形成足够大的吸引力。

一旦掌握了它们的需求之后，鳉鱼也并不难养。但许多种类有着非常特殊的需求。一些鱼比其他鱼更为温和，一些鱼要求有泥炭底的水族箱，一些鱼则产卵于乱草丛中。许多鳉鱼的卵

需要保存于潮湿的泥炭中，经过几周或几个月后才孵化。雄鱼常会互相攻击，但大多数的种类是害羞的，在水族箱中喜欢躲藏起来。许多种类是一年生的，只能活一个季节。许多的种类属小型鱼类，需要将它们养在小型的特别是为单个种类建立的水族箱中，等等。

每个人都可从饲养鳉鱼的过程中得到快乐，但最好不要在刚开始饲养热带鱼时就去养这些鱼。

其他种类

除了能容易界定的讨人喜欢的小型群落种类外，还有许多令人惊奇的、不同寻常的其他种类。例如，小锡箔鲃会以惊人的速度长成大锡箔鲃(野生条件下体长可长达 90cm)，在这个过

锡箔鲃

程中将吃掉大量的植物。其他如刺鳅、刀鱼和所谓的"怪球"鱼等也都令许多养殖者感兴趣。这些鱼的饲养都有一定的难度，所以最好是在获得一定饲养经验后再去饲养它们。

半咸水种类

随着出售半咸水种类

的水族店的增多，可购买到的半咸水种类也多了起来。前面已经介绍过一些容易养的种类，下面将介绍其他常见的更富挑战性的种类。

胎鳉类

或许要比其他种类更经常见到的是各种各样不同寻常的四眼鱼 (Anableps spp.)。某些四眼鱼可长到 30cm 长，另外，它具有在水面游动的习性，所以必须将它养在长的、有足够宽阔水面区域的、能够方便欣赏它

四眼鱼

的特殊眼睛的水族箱中。因为它会跳跃，所以水族箱还应加盖。

很明显，这些鱼对初级养殖者来说并非是合适的选择。其他偶尔一见的胎鳉鱼也非他们合适的选择，如高度肉食性的矛顶鱼 (Belonesox belizanus)，它有同类相残的习性，这尤其见于约 20cm 长的雌鱼上，它甚至会吃掉自己的伙伴。

射水鱼类

像四眼鱼一样，射水鱼 (Toxotes spp.) 喜欢在靠近水面处游动。它的眼睛并不探出水面，但它能在水下聚焦水面上的小猎物，如栖息

射水鱼

在枝条上的昆虫,然后会快速喷射出水柱将猎物打下来,这个水柱的射程可以达到相当远。

这种鱼是令人着迷的水族箱鱼类。它需要有特殊设计的水族箱,还需要有活的昆虫食物,以便表现其绝妙的捕食技巧。

松鲷鱼

虎鱼

常见的两种虎鱼是:*Datnioides microlepis*(松鲷鱼)和 *D.quadrifasciatus*。这两种鱼身上都带有醒目的深棕色和白色的斑纹。它们会长到相当大,前者野生状态可长到近40cm长,后者可达30cm长,而且两者都属于高度肉食性的鱼类,它们大的眼睛和口反映了这一点。

海水种类

在海水鱼中,适合于中级养殖者养殖的鱼类品种有许多,在这里将它们一一详细罗列是不可能的。然而,还是可以提供一些基本的指导。如果某个种类在这里没有介绍到,那么在决定购买之前,你至少应当向零售商或经验丰富的饲养者征求一些建议。

海水鱼

蝴蝶鱼和天使鱼

蝴蝶鱼(蝴蝶鱼科)和体型更大的天使鱼(刺盖鱼

蝴蝶鱼

科)中,剑盖鱼属、刺盖鱼属及刺鲸鱼属的种类是广受关注的海水鱼种类。它们未在前面介绍并非是因为它们都很难养或不可能养活。事实上,虽然肯定存在一些难以养活的种类,但在许多情况下,难养是因为它们个体较大及在某些时候具有攻击性,所以它们对饲养的要求就相对较高。

与鳉类的情况相同,每个饲养者在某一阶段都值得去饲养蝴蝶鱼和天使鱼,它们品质优良且异常漂亮。大多数天使鱼的幼体和成体之间有非常大的差别。但为了避免失败,建议你别在刚开始养鱼就匆匆忙忙去养这些鱼而且一下子又养得太多。应该等你对水族箱养鱼已积累了一定的经验并感到自己已做好了充分的准备,并征求了一些适当的意见之后,再准备动手去养这些种类的鱼。

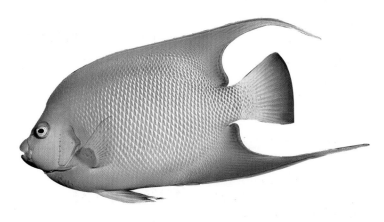

皇后天使鱼

蓑鲉

刺尾鱼

刺尾鱼许多的种类摄食时都很大胆,只要给它提供的食物中含有植物性的成分(许多有经验的爱好者都给它投喂莴苣),它就能适应在小水族箱中生活。刺尾鱼性情急躁,尤其在面对同类时。正如它的名字所显示的,在它的尾巴基部的两侧有像解剖刀样的突起,在争夺领地时或用于防卫时这将给对方造成伤害,因此,在饲养它们时要像养蓑鲉一样小心对待。

此外,刺尾鱼都要求有良好的水质条件,否则它们会感染一些寄生虫疾病,如白点病。

扳机鱼

扳机鱼属于鳞鲀鱼科。

毕加索扳机鱼(叉斑钩鳞鲀)

它的眼睛的生长部位很特别,这也使其能够摄食长有长棘的海胆。扳机鱼外表"凶悍",常能引人注意。

扳机鱼个体较大,体长达30cm的也很常见。它们一般以鱼类为食,它能在一夜之间将你鱼缸中的摆设搞得天翻地覆。无论如何,在你有

雄性太平洋箱鲀

能力时不妨养一只,但一定要有足够的准备。

其他鱼类

某些鱼类,无论从水质需求或是摄食习惯等角度,都要求养殖者有更高的养殖技巧和更多的养殖知识,这类鱼我们可以列出一长串,包括箱鲀鱼、鳚鱼、鲇鱼、海

蓑鲉

事实上,任何养海水鱼的人都会想去养蓑鲉,在这一点上理由是充分的。蓑鲉外表华丽,所表现出来的气质几乎没有任何其他鱼类能与之相提并论。蓑鲉有两个属:蓑鲉属和短鳍蓑鲉属。它们都异常美丽。蓑鲉是肉食性的,其身上带有毒刺(这一点要记住),会给不小心的饲养者带来剧烈的疼痛。蓑鲉通常并不难养,但必须谨慎小心。你或许可以在野外安全地与它们一起游泳,也可以很安全地将它们养在水族箱里,但任何时候你都不应对其失去应有的警惕。

蓝刺尾鱼

刺鲀鱼

鳍、隆头鱼、金鳞鱼、鲭带鱼、河豚、豪猪鱼等。总的来说,这些鱼都可以在水族箱中饲养,但有些种类的饲养有相当的难度,有些甚至被认为非常难养。总之,如果你准备饲养养殖难度更高的鱼,那么寻求专家建议将是十分有益的。

软珊瑚虫

海水无脊椎动物

珊瑚虫及其近缘种

即使在中级水平的养殖种类中,我们也未将许多的"石珊瑚"列为推荐的对象。事实上,一些种类是极其难养的,不管其专业知识或是技术水平如何,这些珊瑚虫

绿珊瑚虫

的饲养对所有的饲养者都是一种挑战。

珊瑚虫及其近缘种在分类学上属于腔肠动物门。其中的一些种类是有水族箱管理经验的养鱼者很好的饲养对象。值得关注的种类有下列几种:蘑菇水螅(*Rhodactis spp.*)、绿水螅(*Zoanthus sociatus*),软珊瑚虫类有豆珊瑚(*Anthelia glauca* 和 *Xenia spp.*)、红菜花(*Dendrone-phthya rubeola*)、韧皮珊瑚

车磲蛤

(*Sarcophyton tracheliophor-um*)等等。所有的这些种类都需要有充足的光照才能生长良好。

软体动物

市场上销售的常见的软体动物有:蜗牛、扇贝和蛤类,其饲养难度各不相同。例如,火焰扇贝(*Lima scabra*)一旦被固着好后,只要给它以充足的细颗粒食物且没有捕食者存在,它是不难饲养的。

蛤是滤食性动物,现在已进行大规模的商业化生产,如果提供合适的食物再伴以高质量、高强度的照明,养这些蛤也并不困难。

一般说来,养蜗牛和黑蛞蝓时要更小心,因为它们的食性很特别,会影响其他无脊椎动物的生存。这些种类还有许多,例如,一些子安贝(*Cypraea spp.*)会以珊瑚虫为食。相似地,许多海蛞蝓都以无脊椎动物为食。但另一方面,海兔(*Aplysia spp.*)是草食性的,一旦其固着下来后就可以养得很好,皇后海螺已能在繁殖场大量生产,可以很容易地养到约25cm长。

海百合

87

脆海星

棘皮动物

除了海苹果和前面已提到过的几种海星外,许多其他棘皮种类也有市场需求。海百合、毛头星、海胆、脆海星及提篮海星等理论上都可以在水族箱中饲养,但都有其特定的食物需求和饲养条件。

"活"岩石

海鞘及其他的一些无脊椎动物有时是以"活"岩石的形式被饲养的。这些岩石上往往覆盖着藻类,而这些无脊椎动物则在其中钻孔筑巢。

以前,"活"岩石一般都是从野外采集而得。这样的采集尽管还没有表现出过度开发的危险,但对于出售"活"岩石仍存在争议。现在,有一些开发商用人工的方法培养和收获"活"岩石。

高质量"活"岩石的一个诱人之处是其包含了各种各样的生物,此外,它的外观也讨人喜欢,还有就是它的存在对保持水族箱的良好水质环境也有利。然而,如果其中的一些栖居生物在运输途中或当岩石引入水族箱时发生死亡,将会引起一些不良后果。正因为如此,保持"活"岩石的良好状态是很重要的。

适于有经验的养殖者的种类

正如本书前面已讨论过的许多其他种类一样,适合中级水平养殖者养殖的种类与适合经验丰富的养殖者养殖的种类之间的划分界线并不是严格的。要想判定哪些种类适合养殖者饲养需要一定的判断力和常识。从实质上看,一个刚刚尝试养热带鱼的人与一位经验丰富的养殖者之间的养殖技巧是存在差距的。在商店中他们也许会选择同样的种类,但后者可能能够以养"高级"种类的方法来饲养它们,但如果以这样的标准去要求前者也这么做就显的没有道理也不公平。事实上,有些种类,即使是对有经验的饲养者来说也是具有挑战性的,而且有一些种类至少到现在为止,它们仍是非常难养的或是在一定的时间内根本不可能养好的,这种情况与个人能力是无关的。

淡水种类

因为淡水系统一般来说会比半咸水或海水系统更容易建立和保持,所以在淡水水族箱中水的成分通常不是区分鱼类是否难养或是否只能供经验丰富的养殖者饲养的主要标准。而鱼的最终大小和食物是决定其饲养的难易程度的重要因素。

丝足鲈

如果该鱼在出售时体型已经很大了,那么是否购买就很容易做决定。但在很多情况下,大体型的种类是以幼苗形式出售的,因此,除非你知道你买的是什么种类,否则很快你将发现鱼的体型将成为饲养的一个问题了。

在一些国家,零售商会给即将出售的鱼使用特殊的标签来标明它的成鱼大小。如果在商店中没有这样的标签,购买者应先询问一下这种鱼的成鱼体长。

有可能遇到的体型较大的鱼有:丝足鲈(*Osphronemus goramy*)、鳢(*Channa spp.*)、锯脂鲤(*Serrasalmus spp.*)、红尾鲇鱼(*Phractocephalus hemio-liopterus*)、铲鼻鲇(*Sorubim, Brachyplatystoma spp.*)、胡鲇(*Clarias batrachus*)、舌骨鱼(*Osteoglossum spp.*)、美丽巩鱼(*Scleropages formosus*)、巨骨舌鱼(*Arapaima gigas*)、电鳗(*Electrophorus electricus*)等。

半咸水种类

一些半咸水的种类，如目标鱼（*Terapon jarbua*）和鳎类（如无手鳎）是很罕见的养殖种类，尽管后者饲养的人渐渐变得多了起来，或许你可将它看作是适合中级养殖者养殖的种类。还有一些成鱼是海水鱼的半咸水种类，如鲻鱼（*Mugil spp.*）和欧洲海鲈（*Dicentrarchus labrax*）。但初次养鱼的人肯定不应该去考虑饲养这些种类。

商店里出售的最常见的半咸水种类应属各种各样的漂亮的弹涂鱼（*Perioph-*

弹涂鱼

thalmus spp.）。弹涂鱼生活于河口滩涂和红树林沼泽地，这些不同寻常的鰕虎鱼类需要一小块的陆地，让它们可以爬行和摄食。此外，水族箱中的空气必须保持潮湿且温度与水温相近。弹涂鱼是一类很有趣的鱼类，只要细心养护，并积累一些经验，你就能够在水族箱中成功地饲养它们。

海水种类

这里所介绍的海水鱼类和无脊椎动物要比前面所列出的所有种类都更为难养。某些有害物质（如氨）在海水系统中具有更高的毒性，这是造成这些种类难以饲养的一个主要因素。但自从氨和其他的毒性成分能通过适当的养殖方式来加以控制之后，它们就不成为重要的制约因素了。我们还缺少许多种类的相关养殖知识及对它们的确切需求的了解，如精确的食物配方或对环境的需求（诸如特殊的光照类型和强度），或是即使我们知道了这些需要之后，也无法满足它们，这些因素正是使一些海水种类非常难养的主要原因。

我们该不该尝试在水族箱中饲养这些种类是人们讨论的问题。答案并不简单，该与不该都有支持者。然而，我们正不断地取得进展，甚至一些我们过去认为是几乎不可能养的种类现在已变得易养了。如以海绵为食的蝴蝶鱼，现在由于有冷冻的海绵供应，这种鱼现在已相对容易饲养了（用于做这些食物的海绵种类非常丰富，因此不存在资源保护的问题）。

在难养的鱼类当中，比较常见的是海马（*Hippocampus spp.*）。似乎每个人都想养海马，但如果你是个养殖新手，最好能抵御住这个诱惑。海马可以饲养在水族箱中，甚至可在水族箱中繁殖，但需要极其特殊的照料并供给小的活饵如卤虫，才能存活。

以珊瑚虫为食的蝴蝶鱼如拟角蝴蝶鱼（*Chaetodon triangulum*）、肩章蝴蝶鱼（*C. trifascialis*）和红鳍蝴蝶鱼（*C. trifasciatus*）属于蝴蝶鱼科，即使是对有多年经验的养鱼者来说它们的饲养也具有挑战性。较难饲养的鱼还有具有发光器官的不同寻常的松球鱼（*Monocentrus japonicus*）、优雅的鳒鱼（*Zandus canescens*）、头部直立的条纹

海马

虾鱼（*Aeoliscus strigatus*）、毒性极强的毒鲉（*Synanceja spp.*）、身材苗条的管子鱼（*Dunkerocampus spp.*）、个体更大也更难养的海鳝（*Muraena spp.*）等等。

在无脊椎动物中，石珊瑚特别受人关注，它需要经验丰富的饲养者才能饲养。这一类的珊瑚虫有许多种，但没有一种是适于初级养殖者饲养的。每一个种类的饲

养都需要极其注重细节,并且其中的一些种类即使是对资深的爱好者来说饲养也都是困难的。

其他的难以在水族箱中饲养的无脊椎动物还包括自由游动的软体动物如鱿鱼(Loligo spp.)、漂亮但有剧毒的蓝铃章鱼(Hapalo-chlaena maculosa)、乌贼、螳螂虾或手枪虾、有毒液"飞镖"的鸡心螺、棘刺会刺入人的皮肤并形成刺痛疹子的火虫(Hermodice carunculata)、以海星为食的花斑虾(Hymen-ocara spp.)等。

这些种类一般很少人饲养,不过,所有的种类都会有人尝试着去养。但除非能够完全满足它们的饲养条件,否则这些种类将难以成活。

菲律宾岛礁上的造礁珊瑚

水草

在水族箱中,植物能起到一些非常重要的作用。一些植物可能只是纯粹的装饰物,但其他的一些植物则可为鱼苗或休息的鱼和无脊椎动物提供庇护所,或给它们提供合适的产卵场所。此外,植物还有一些不为人所知但又十分重要的功能,如它们以多种方式对水环境起缓冲或保护的作用。正如前面所提到过的,这些植物能吸收硝酸盐——这是过滤器中有益菌硝化作用的终产物,并且在光照条件下能通过光合作用吸收二氧化碳,释放氧气。

下面列出了一些最常见的,可以购买到的水生植物。此外,与水生植物相对应的,还有一些被种养在水族箱中的陆生植物,它们看起来十分美丽,但在水中寿命却有限。

淡水和半咸水 * 种类

由于淡水水草不具有抗盐的结构,所以当这些水草被种养在半咸水水族箱中时,可能并不一定能很好地生长。水族箱中的水越接近海水条件,所能生长的水草的种类就越少,并且水草的寿命也越短。而在淡水中,如果其他的生长条件满足,则这些水草往往可以一直生存下去。

浮水植物

小仙苔
Azolla caroliniana

冷水或热带水温
水:中等硬度
光照水平:高

小仙苔

印度蕨(水精灵)
Ceratopteris thalictroides

冷水或热带水温
水:软水到中等硬度的水
光照水平:高
也可当作沉水植物来养

印度蕨

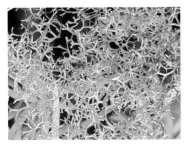

卷苔草

卷苔草
Riccia fluitans
冷水或热带水温
水：中等硬度
光照水平：高

槐叶萍

槐叶萍
Salvinia spp.
热带水温
水：中等硬度
光照水平：高

沉水植物

小水榕
Anubias nana
热带水温
水：没有严格要求
光照水平：低

小水榕

竹叶兰

竹叶兰
Aponogeton
热带水温
水：软水
光照水平：中等偏低

虎耳草

虎耳草
Bacopa
冷水或热带水温
水：不严格
光照水平：中等偏高

水盾草
Cabomba
冷水或热带水温
水：软水
光照水平：高

红水盾草

金鱼藻
Ceratophyllum demersum
和 *C.submersum*
冷水或热带水温
水：不严格
光照水平：不严格

金鱼藻

91

椒草

阿根廷水藻

水紫藤

椒草

Cryptocoryne
热带水温
水:软水
光照水平:低至中等

阿根廷水藻

Egeria densa
冷水或热带水温
水:不严格
光照水平:高

水紫藤

Hygrophila difformis
热带水温
水:软水
光照水平:高

发丝草

印度水星

皇冠草

皇冠草(亚马逊剑草)*

Echinodorus
热带水温
水:不严格
光照水平:中等偏高

发丝草

Eleocharis acicularis
冷水或热带水温
水:不严格
光照水平:中等至高

加拿大池藻 *

Elodea canadensis
冷水或热带水温
水:不严格
光照水平:高

印度水星 *

Hygrophila polysperma
冷水或热带水温
水:软水到中等硬度的水
光照水平:高

加拿大池藻

丁香蓼

丁香蓼
Ludwigia
冷水或热带水温
水：不严格
光照水平：高

铁皇冠（爪哇蕨）

大水兰

大水兰
Vallisneria spiralis*, V. "Torta"
冷水或热带水温
水：不严格
光照水平：高

爪哇苔草

铁皇冠（爪哇蕨）*
Microsorum pteropus
热带水温
水：不严格
光照水平：低至中等强度

爪哇苔草
Vesicularia dubyana
冷水或热带水温
水：不严格
光照水平：不严格

聚藻
Myriophyllum
冷水或热带水温
水：硬水
光照水平：高

两种类型的羽毛草

海水种类

蕨藻

Caulerpa mexicana,
C.prolifera, C. racemosa,
C.taxifolia

光照水平：高

仙人球藻

珊瑚藻

绿毛藻

Chlorodesmis fastigiata

光照水平：高

天鹅绒藻

Codium gepii

光照水平：高

珊瑚藻

Corallina officinalis

光照水平：高

仙人球藻

Halimeda spp.

光照水平：高

画笔藻

Pencillus capitatus

光照水平：高

马尾藻

Sargassum spp.

光照水平：高

偏肿法囊藻

Valonia ventricosa

光照水平：高

此外，其他的水草如绿藻（*Chlorophyceae*）、红藻（*Rhodophyceae*）和褐藻（*Phaeophyta*）也值得尝试种养，尽管在一般情况下，成功种养并不容易。

致　谢

The publishers would like to thank the following for permission to reproduce the photographs and illustrations indicated below: Alternative Design Studio 9b, 11b, 12t, 13t, 20t, 26, 27, 40, 41t. Aqua Press–MP & C Piednoir ⓒ 9t, 13, 23, 31, 37, 38, 39, 43l, 44tl, cl, 45, 48l, 49tl, 50t, 51t, 52, 53c, 55tr, 56 l,t,b, 57t, 58cr, 60t, 61t,br, 66r, 67, 68b, 69r, 721, 73r, 76, 77b, 80, 81t, 82t, 83, 85b,86tl, cr, 88, 89l, 90l, 91tl, 92, 93. Dennie Barrett ⓒ 63b. garth Blore ⓒ 34, 35. Dr Peter Burgess ⓒ 44bl, br. John Dawes ⓒ 12r, 16, 24b, 58cl, 60c, 65c, 731, 82b, 85tr, 86bl. Harry Grier/Florida Tropical Fish Farms Association ⓒ 9t, 17r, 20, 49b, cr, 50tr, br, 51c, 55tl, 56tr, 62c, 63t, 65t, 66l. Linda Lewis ⓒ 44tl, 78b,l, 84c, 87c, 90c. Trevor Macdonald ⓒ 7,8,14b, 75r, 86tr, 94l,r. Bill Tomey ⓒ10, 12l, 17l, 19, 21, 24t, 28, 30, 36, 43r, 44tr, cl, 48r, 49tr, 51b, 53t, 54, 55b, 57b, 58tl, br, 65b, 68l, 69l,c,72t, 73b, 74, 75tl, cl, 77t, 78t, 79, 81b, 84tl, cl, r, 85tl, 87l, 89r, 91c, cr.

记录

水族箱

_____

_____

_____

_____

热带鱼

_____

_____

_____

_____

无脊椎动物

_____

_____

_____

_____

水草

_____

_____

_____

_____

养殖记录